KB262136

사물의 심리학

사물의 심리학

아네테 쉐퍼 지음 | 장혜경 옮김

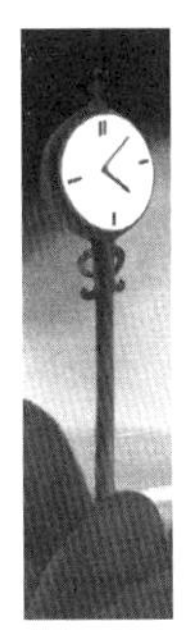

북하우스

어머니 우르줄라 쉐퍼에게 바칩니다.

사물과의 관계가 매력적인 이유

나는 예전부터 인간과 사물의 관계에 매력을 느꼈다. 몇 년 전 아버지가 갑자기 돌아가셨을 때에도 나는 아버지가 내게 선물하신 물건들이나 아버지의 물건들을 "추억의 상자"에 차곡차곡 정리하는 것으로 애도를 대신하였다. 아버지가 중국 여행길에 사오신 묵화, 아버지에 대한 최초의 유년기 기억인 손목시계, 아버지가 늘 연필로 긁적이던 노트……. 나는 이 물건들을 간직함으로써 아버지의 일부를 곁에 두었다는 기분을 느꼈다.

누군가의 집에 초대를 받으면 나는 늘 그 집의 잡동사니 때문에 놀라곤 한다. 아주 냉철하다고 생각했던 친구의 집에서 낡은 인형 더미를 발견하게 될 줄 누가 상상이나 했겠는가. 몇 년 전부터 부모님과 말도 안 하는 동료의 집에서 벽난로 위에 줄줄이 늘어선 어린 시절의 가족사진을 발견하게 될 줄은 또 어찌 상상할 수 있었겠는가.

나는 내 물건들과 이중적인 관계를 맺고 있다. 나는 내가 가진 물건들을 사랑한다. 무라노 유리로 만든 노랗고 빨간 향수병, 그것은 베네치아에서 보냈던 낭만적인 휴가를 떠올려준다. 남편과 내가 처음으로 같이 샀던 약국 스타일의 장롱. 온 세계를 두루 들고 다니느라 낡아빠지게 된 요가 매트. 몇 년 전부터 사용하지 않는 수채화 물감. 하지만 나는 풍수 신봉자다. 서랍과 서가가 물건으로 넘쳐나는 꼴을 못 본다. 새 책을 쓰려면 일단 지난번 책에 필요했던 자료들을 싹 다 치워야 한다. 옷장 정리는 정기적으로 이루어지는 필수 행사이다. 아침에 거울을 보다가 문득 오늘은 꼭 미용실에 가야겠구나 하고 생각하는 날이 있듯 정리정돈의 욕망도 불현듯 나를 덮친다. 내가 개인적으로 내 소유물들을 그렇게 매력적이라고 생각하는 이유도 바로 이런 속박과 놓아주기의 긴장관계 덕분일 것이다.

하지만 이 책의 주제는 그저 그런 물건을 간직하느냐 버리느냐의 수준에 머물지 않는다. 사물이 우리의 삶에 어떤 의미를 가지는지의 문제에 체계적으로 접근할 때면 우리는 다층적이고 당혹스러운 측면들을 많이 만나게 된다. 내가 이런 책을 쓸 것이라는 이야기를 들은 대다수의 사람들은 일단 이 주제가 얼마나 넓은 스펙트럼을 건드리고 있는지, 이 문제에 대해 얼마나 많은 학술 연구가 나와 있는지 알고서 깜짝 놀랐다.

그러고 나면 각자 자기 삶과의 연관성을 간파하고 자기가 사랑하는 대상에 대해 이야기하기 시작한다. 소유물과의 관계는 시간이 지날수록 깊이와 다양성을 더해가는 주제이다. 남녀노소를 불문하고 모든 사람에겐 진심으로 좋아하는 물건이 있다. 그들이 그 물건과 맺는 관계는 정체성, 자아상, 사회적 소속, 인생의 감정, 개인사 등 아주 깊은 곳에 자리한 개인적인 문제들을 건드린다.

흥미로운 측면들이 너무나 많아서 어디서부터 시작해야 할지를 모를 정도이다. 자동차에 대한 애정이나 결혼반지를 잃어버려서 느끼는 슬픔을 사람에게 느끼는 감정과 비교할 수 있을까? 왜 어린아이들은 인형이나 안심담요에 그렇게 집착하는 걸까? 자연재앙이나 절도로 인해 아끼던 물건을 잃어버린 사람은 어떤 심정일까? 물건이 가지는 의미는 나이가 들면서 어떻게 달라질까? 여성이 특히 아끼는 물건과 남성이 특히 아끼는 물건은 무엇일까? 또 그 차이를 어떻게 설명할 수 있을까? 현대 소비사회는 어떤 방식으로 물건과의 관계에 영향을 미치나? 주인이 세상을 떠나면 그의 물건엔 어떤 일이 일어날까? 죽음을 앞둔 사람들은 이 문제에 뭐라고 답할까?

최근의 경제위기로 사람들은 어쩔 수 없이 소비를 줄였다. 그런 제약이 우선은 너무 고통스러웠겠지만 많은 사람들이 오히려 정신에는 긍정적인 영향을 미쳤노라고 단언한다. 그런 경험은 또 다른 흥미로운 질문을 제기한다. 만족스러운 인생을 위해서 과연 얼마나 많은 물건이 필요할까? 물건의 많고 적음이, 혹은 물건 가격의 높고 낮음이 행복에 어떤 영향을 미칠까? 오히려 너무 많은 물건이 삶을 불행하게 만들 수도 있지 않을까?

문학작품들은 오래전부터 인간과 물건의 관계에 매료되었다. 테오도르 폰타네Theodor Fontane의『제니 트라이벨 부인』은 과도한 물욕과 재산이 인간을 어떻게 만드는지 잘 보여준다. 프랑스 작가 조르주 페렉Georges Perec의 소설『사물들Les Choses』은 등장인물들을 오로지 그들이 실제 소유한 물건이나 가지고 싶어 하는 물건을 통해서만 소개한다. 역사가들이나 철학자, 산업디자이너, 건축가, 경제학자, 법학자 들 역시 이런 주제를 다루었다.

나는 심리학적인 관점에 특히 관심이 많다. 심리학은 학문으로 정립된 이후 줄곧 인간과 사물의 밀접한 관계를 다루었다. 심리학의 아버지라 불리는 윌리엄 제임스William James는 이미 1890년에 소유물이 한 인간의 정체성과 자의식에 큰 영향을 미친다고 강조하였다. 또 본능이론의 추종자들은 인간의 소유욕이 생물학적으로 타고나는 현상이며 동물의 먹이수집이나 "둥지 건축 재료"와 비교될 수 있다고 주장하였다. 초기 정신분석학자들은 물건을 억압된 감정의 대리인으로 보고 물건과의 관계는 고통스러운 어린 시절의 경험에서 기인하였다고 주장하였다. 미국 사회심리학자 조지 허버트 미드George Herbert Mead는 사물을 "상징적 상호행동"의 파트너로 보았다. 물건을 사람과 똑같이 상상의 대상으로 이용할 수 있으며, 그것의 관점을 수용함으로써 자기 자신을 더 잘 이해할 수 있다는 것이다. 당연히 에리히 프롬Erich Fromm을 빼놓을 수 없다. 세계적인 베스트셀러가 된『소유냐 존재냐』에서 그는 시민사회를 지배하는 "소유 양식"이 "죽은" 물질을 지향하는 불만스러운 삶을 낳는다고 경고하였다.

이렇게 설명하다 보니 마치 사람과 사물의 관계가 심리학의 주 연구 대상인 것 같은 느낌이 든다. 당연히 그렇지는 않다. 심지어 심리학의 대표 석학 중에는 이 주제에 대해 이중적인 입장을 취하는 사람들도 많다. "심리학적으로 사물에 관심을 보이는 것이 진지한 학문의 태도는 아닌 것 같다. 손꼽히는 심리학 저서를 보면 그런 흔적이 전혀 없다." 독일의 심리학자 프리드리히 볼프람 호이바흐Friedrich Wolfram Heubach는 1987년『한정된 삶』에서 이렇게 말하기도 했다.

실제로 사물과 인간의 관계를 다룬 책은 인간관계에 관한 책보다 훨씬 적다. 그러나 최근 몇십 년 들어 인간 정신세계의 매력적인 면모들을 소개하는 각종 이론들이 탄생하였고 특히 진화심리학, 행동경제학, 긍정적 심리학, 사물 연구Thing Studies 같은 다양한 분야의 새로운 이론들은 사물과 인간의 관계에 대한 새로운 시각을 제공한다.

이렇게 높아진 관심은 현대 소비사회의 요구와도 관련이 있을 수 있다. 오늘날 우리는 과거 세대보다 훨씬 많은 물건을 소유한다. 그러면서도 사물과의 관계는 오히려 더 피상적으로 변해가는 것 같다. 우리 할아버지 댁에는 할아버지가 직접 만들었거나 주문 제작하여 세상에서 단 하나뿐인 가구들이 참 많았다. 하지만 오늘날의 우리는 다른 수백만 명이 갖고 있을 서가와 침대에 둘러싸여 있다. "평생 쓸 물건"과 할머니, 어머니에게 물려받은 유물들이 고작 몇 년 쓰고 말 물건들에게 자리를 내어주고 말았다. 휴대전화와 컴퓨터는 거의 해마다 바뀌고 패션산업은 계절별로 스타일을 바꾸어야 한다고 외쳐댄다.

우리는 독특한 패러독스에 빠져 있다. 현대 서구사회에선 개성이 최고의 자산으로 꼽힌다. 그런데 바로 그 한 인간의 특수성을 표현하기 위해 다름 아닌 소비재가 점점 더 중요해지는 것이다. 다양한 색상의 휴대전화, 옵션이 많은 자동차 등 제품의 개별화된 버전을 제공하기 위한 기업들의 노력은 이런 모토의 모순을 은폐하려 노력한다. 물론 그 노력도 크게 성공적이지는 못한 것 같지만 말이다.

그래서 많은 사람들이 완전히 물질에 등을 돌리고 금욕적인 삶을 택한다. 또는 그보다는 덜 과격하지만 효과는 좋은 방법으로, 주변 사물에 관심을 갖는 태도를 갖기도 한다. 이 책 역시 그런 태도를 —가볍게, 재미나게— 자극하고자 한다. 다음에서 소개할 아홉 개의 장은 인간과 소유의 관계에 대한 심리학의 중요한 작업들을 포괄적으로 살펴볼 것이다. 각 이론마다 전혀 다른 이론적 배경을 갖고 있기에 자동적으로 다양한 심리학파들을 —인류학, 사회학, 신경학 등의 이웃 학문들의 집에도 잠깐씩 들르면서— 섭렵하는 산책길이 될 것이다. 더불어 나는 아주 특별한 사연을 가진 사람들을 만나볼 것이다. 한 여기자는 이사 컨테이너가 인도양을 건너다가 물에 푹 빠져버렸다는 이야기를 들려주었다. 한 수사修士는 무소유의 계율과 물건을 갖고 싶은 욕망의 긴장관계에 대해 들려주었다. 예전에 노숙을 한 적이 있었던 사람들은 좋아하는 물건의 의미에 대해 들려주었다. 이 책이 조언을 늘어놓는 실용서는 아니지만 여러 가지 재미있는 훈련과 정보도 빼놓지 않을 것이다. 그리고 그것을 통해 왜 인간은 동물 인형을 좋아하는지, 왜 지하실에 걸려 있는 더러운 사슴 뿔을 버리지 못하는지를 이해할 수 있게 도와줄 것이다.

차례

사물의 특별한 의미:

모든 것을 빼앗아간 재앙

영화감독 로베르트 비초렉Robert Wiezorek의 집에서 제일 중
요한 물건은 조가비다. 조가비는 그의 오피스텔 책상에 놓여 있
다. 감촉이 매끈매끈하고 얼룩무늬인 조가비는 크기가 꼭 아기 손바닥
만 하고 귀에 갖다대면 나지막하게 파도 소리가 난다. 많은 사람들이 여
름휴가를 즐기고 집으로 돌아올 때 들고 오는 전형적인 기념품이다. 비
초렉의 외할아버지는 그 조가비를 발트 해에서 구입했다. 1880년경이
었을 것이다. 그리고 그것을 딸에게, 그러니까 비초렉의 어머니에게 주
었고, 어머니는 대학공부를 하러 쾰른으로 떠나는 아들에게 그 조가비
를 물려주었다. 비초렉에게 그 조가비는 행운의 마스코트요, 외할아버

지와 어머니, 자신까지 3세대를 이어주는 끈이며, 그의 삶을 송두리째 바꾸어놓았던 어떤 사건의 기억이다.

불행은 뭔가 수상한 삐걱거리는 소리로부터 시작되었다. 25미터 깊이의 쾰른 바이드마르크트 공사장 웅덩이에서 작업 중이던 현장 근로자들은 물론이고 근처 고등학교의 학생들과 교사들, 쾰른 시립 역사박물관의 직원들도 그 소리를 들었다. 소리가 어찌나 컸던지 놀란 사람들이 건물 밖으로 우르르 달려 나왔다. 갑자기 공사장 웅덩이로 물과 진흙, 자갈이 쏟아져 들어오자 현장 인부들은 있는 힘을 다해 내달리기 시작했다. 그러나 너무나 순식간이었다. 인도의 일부가 무너져내렸다. 7층 높이의 역사박물관이 앞으로 기우뚱하는가 싶더니 그대로 허물어지면서 커다란 분화구가 생겼고, 이웃 건물 일부도 같이 분화구 속으로 빨려 들어갔다. 거대한 먼지구름이 온 지역을 뒤덮었다. 즉시 경찰서와 소방서에 신고가 들어갔고 구급차와 소방차 한 무리가 득달같이 달려왔다.

로베르트 비초렉은 그 엄청난 사건을 전혀 모르고 있었다. 2009년 3월 초의 그 화요일, 그는 일 때문에 함^{Hamm}에 출장을 가 있었다. 그래서 시립 역사박물관 바로 옆에 자리한 그의 집 제베린가 232번지를 그날 새벽에 이미 떠나온 참이었다. 휴대전화를 다시 켰을 때 17통의 문자가 와 있었다. 그가 무사한지 걱정이 된 친구들이 전화를 걸었다가 연결이 안 되니까 보낸 문자였다. 뭐가 무사하냐는 거지? 그는 고개를 갸웃했다. 그 순간 어머니한테 전화가 걸려왔고, 그는 어머니를 통해 그의 집에 무슨 일이 일어났는지 알게 되었다.

쾰른으로 돌아온 그는 적십자 천막에 자리를 잡은 임시 구조본부로 달려갔다. 놀란 이웃 주민들이 그곳에 모여 있었다. 집으로 들어갈 수 없는 주민이 백 명은 넘었다. 사고 현장은 출입이 통제되었다. 밤이 되자 그는 구조대 한 사람을 설득해 역사박물관을 집어삼킨 거대한 분화구의 가장자리까지 다가가 보았다. 그곳에 서니 그가 7년 동안 살았던 그의 집이 훤히 들여다보였다. 건물 외벽이 완전히 무너져내린 탓에 인형의 집처럼 밖에서도 집안이 다 보였다. 그가 살던 4층도 마찬가지였다. 그가 아끼던 책들, 서가, 가구, 램프, 벽에 걸린 그림이 바로 건너편에 있었다.

1년이 지난 지금도 그는 그 순간을 생생히 기억한다. 우리는 쾰른의 리히텐베르크 카페에서 만났다. 그 극적인 사건에 대해 이야기를 나누고 싶다는 나의 부탁에 그가 그곳을 약속장소로 잡았던 것이다. 카페는 편안한 옷차림의 대도시 시민들이 카푸치노를 마시는 곳이다. 유행하는 장밋빛 와이셔츠에 특이한 안경, 우아한 손목시계를 찬 비초렉은 — 약간 가볍다는 느낌을 피할 수 없었지만 그래도— 카페와 아주 잘 어울렸다. 표정은 예민하고 생각이 많아 보였지만 좀처럼 자기감정을 드러내지는 않았고 영화감독답게 사람들과 그들의 내면세계를 정확히 조명하는 버릇이 있었다. 그의 단편영화 〈화요일〉은 노부부의 고독한 삶을 다루었고 몇 년 전 뮌헨 영화제에서 수상을 한 바 있다.

그래서인지 비초렉은 자신의 경험담도 남 이야기하듯 들려주었고 정확하게 해부를 하는 것 같았다. 그는 그날 분화구의 가장자리에 서서 자신이 무슨 생각을 했는지 자세히 들려주었다. "무언가 비현실적이었지요. 아직 내 물건이 몽땅 저기 있고, 내 눈으로 뻔히 볼 수 있는데, 타임 캡슐에 집어넣는 것처럼 다가갈 수가 없었으니까요." 그는 가정적인 남자라서 인테리어에 관심이 많고 인테리어 소품도 좋아한다. "내 둥지가, 보호막이 벗겨진 듯한 기분이 들었습니다. 벌거벗은 느낌, 쉽게 상처 입을 것 같은 느낌이었습니다. 정말 가슴이 아픈 순간이었지요."

그러나 그보다 더 큰 충격이 그를 기다리고 있었다. 다음 날 오피스텔 전체를 그대로 허물기로 결정했다는 소식을 들었던 것이다. 주민들이 안으로 들어가 자기 물건을 가지고 나올 수도 없었다. 그래도 가구나 물건은 건질 수 있지 않을까 하던 그의 기대는 물거품처럼 허망하게 사라지고 말았다. 여자친구 집으로 거처를 옮긴 그는 절망에 빠졌다. 조가비를 구할 수 없게 되면 어머니가 무척 슬퍼하실 것이다. 일일이 해설을 달면서 읽었던 수백 권의 책들과 오랜 세월 시간과 노력과 개인적인 경험을 담았던 창조 활동의 결과물, 그의 영화 필름들이 떠올랐다. "그 물건들과 함께 나의 일부도 허물어지는 기분이었습니다."

그런데 사건이 극적 전환점을 맞이하였다. 소방관 한 사람이 붕괴 위험이 있는 건물로 들어가서 각 집마다 가장 중요한 물건들만 구조해내기로 결정을 한 것이었다. 비초렉은 자다가 전화를 받고 당장 현장으로 달려갔다. 한 시간의 여유밖에 없었다. 한 시간 동안 꼭 필요한 물건 ― 쇼핑 카트 두 대 분량― 의 리스트를 작성하고, 그 물건이 있는 장소를 대충 그려달라는 지시가 떨어졌다. 오래 고민할 필요도 없었다. 3일 전 붕괴 장소에 서 있었을 때 그의 생각은 오로지 한 가지 질문을 맴돌았다. "없어서 제일 아쉬운 물건이 무엇일까?" 당연히 영화 필름과 직업상 필요한 다른 물건들이 리스트에 올랐다. 하지만 개인적인 물건들도 포함되었다. 아버지한테 선물 받은 손목시계, 처음 가져본 작은 강아지 봉제 인형, 그리고 당연히 행운의 마스코트인 조가비!

그는 이웃 사람들과 몇 시간 동안 내리는 비를 맞으며 소방관이 이동 사다리를 타고 오르락내리락하는 모습을 지켜보았다. 시간이 빠듯했다. 집의 안전성을 보장할 수 없는 상황이었기 때문이었다. 몇 번의 왕복 끝에 소방관은 비초렉의 물건들을 구조해냈다. 그날 밤의 흥분이 카페에 있는 그에게 고스란히 전달된 것 같았다. 그사이 눈에 띄게 그의 목소리에는 감정적인 어조가 실렸다. 특히 그의 머리를 떠나지 않는 장면이 있었다. "소방관이 다음 집으로 이동하기 전에 저한테 마지막 박스를 건네며 리스트에 적은 것이 다 나왔느냐고 살펴보라고 했습니다. 그런데 아무리 봐도 조가비가 없는 거예요. 그 순간 소방관이 소방 조끼 호주머니에서 조가비를 쓱 꺼내는 겁니다. 말로는 설명할 수 없는 벅찬 감동의 순간이었지요."

그 밖에도 여러 가지 물건이 그의 품으로 돌아왔다. 그가 무척 사랑했던 증조할아버지의 유품인 작은 옷장도 구조되었다. 하지만 대부분의 물건은 며칠 후 집과 함께 땅속으로 사라졌다. 책과 더불어 특히 가슴 아팠던 물건은 어린 시절의 수집품들이었다. "구조 리스트에 오른 물건들은 일과 관련된 물건들을 제외하면 전부 우리 가족에게 의미 있는 물건들이었습니다. 유품들, 부모님이나 친척들이 주신 선물들. 제 개인의 역사가 담긴 물건들을 되찾을 수 있어서 정말 기뻤습니다.”

의도하지 않은 상실과
그 결과

로베르트 비초렉처럼 갑자기 예기치 않게 재산을 잃어버리는 사람들이 있다. 그들은 그런 사건을 통해 자기 물건들을 지금까지와는 전혀 다른 눈으로 바라보게 된다. 우리는 대부분 일상의 물건이 당연한 것이라고 생각한다. 저녁 시간의 대부분을 보내는 소파, 책상에 놓인 사진들, 책장에 꽂힌 책들에 대해 오랜 시간 고민하는 사람이 어디 있겠는가. 물론 옷을 고를 때나 최신형 휴대전화를 선택할 때는 고민에 고민을 거듭한다. 또 옷장이 넘쳐나지만 입지도 않는 옛날 옷들을 차마 버리지는 못하겠다고 한탄하기도 한다. 하지만 사랑이나 직장, 질병, 육아와 같은 실존적 문제와 비교한다면 우리가 가진 물건을 생각하느라 보내는 시간은 턱없이 적다.

그 물건들이 부서지거나 도둑을 맞고 나서야 비로소 우리는 우리가 그 물건들을 얼마나 아꼈는지, 그것이 우리의 행복과 자아상에 얼마나 중요한 역할을 했는지 깨닫는다. 물론 물질적인 손해를 인생의 위기나 사랑하는 사람의 죽음과 같은 큰 사건과 감히 비교할 수는 없다. 하지만 아끼던 물건을 잃어버리는 것도 극심한 고통의 경험일 수 있고 심각한 문제나 정체성의 위기를 몰고 올 수가 있다.

학자들은 이런 예기치 않은 물건의 상실이 어떤 심리학적 결과를 가져오는지 정확히 조사하였다. 로베르트 비초렉처럼 자연재해나 화재, 절도 같은 극적인 사건으로 재산을 잃어버린 사람들을 인터뷰한 결과는 그들의 경험이 얼마나 심각한지를 잘 보여준다. 독일의 경우 다른 지역과 비교하여 상대적으로 심각한 천재지변이 많지 않지만 그럼에도 어느 날 갑자기 수십만 명의 집과 재산을 앗아가는 재앙은 계속된다. 가장 많은 수가 태풍 (예를 들면 2007년의 키릴)이나 홍수 (1993년과 1995년의 라인 강 홍수, 1997년 오더 강 홍수, 2002년과 2006년 엘베 강 홍수)로 인한 피해이며 눈사태, 산사태, 지진 피해도 적지 않았다. 화재 (연간 약 18만 건)와 절도도 빼놓을 수 없다. 경찰의 범죄 통계 자료에 따르면 2009년 독일에서 일어난 가택 침입 절도 사건은 11만 3,000건이 넘는다. 자동차는 4만여 대, 자전거 14만 5,000대가 도난당했고 소매치기는 9만 2,500건이다. 절도가 하루 1,000건이 넘는다는 소리다.

그러나 학자들이 피해자들의 경험을 조사한 주요 이유는 도난의 잠재적 위험을 경고하기 위해서가 아니다. 그보다 더 중요한 이유가 있다. 그런 예외 상황을 살펴봄으로써 소유물과 인간이 맺고 있는 일상적 관계에 대해 많은 것을 배울 수 있기 때문이다. 소유의 심리학에 관심이 있는 사람에게는 이런 연구가 돈으로는 절대 환산할 수 없는 중요한 자료가 된다. 사람과 그 소유물이 맺고 있는 복잡하지만 매력적인 관계를 정확히 들여다볼 수 있는 좋은 기회이기 때문이다.

1991년 미국 역사상 최대의 도시 화재가 캘리포니아의 오클랜드와 버클리에서 발생하였다. 시작은 아주 사소하였다. 바람이 잔잔한 따뜻한 어느 토요일, 작은 숲에서 불이 났다. 소방차 12대와 헬리콥터 몇 대가 출동하여 진압작전을 펼쳤고 불은 5헥타르를 태운 후 저녁 7시에 진압되었다. 적어도 사람들은 그렇게 생각했다.

일요일이 되자 이 지역 사람들이 '악마의 바람'이라 부르는 뜨겁고 건조한 미풍이 북동쪽에서 불어왔다. 가을에는 자주 있는 바람이었다. 그런데 그 바람에 불꽃이 되살아났다. 불길은 최고 시속 110킬로미터에 이르는 돌풍을 타고 급속도로 번져나가 언덕을 차례로 집어삼켰고 도로를 점령하였다. 소방대가 화재현장에 도착하기도 전에 이미 불의 규모는 어마어마한 상태에 도달했다. 날아다니는 불꽃과 재 때문에 불이 계속 옮겨 붙었고, 현장에 도착한 안전요원들은 지역 주민들을 소개시키기에 바빴다. 경찰차가 사이렌을 울리며 도로를 달렸고 주민들에게 어서 빨리 대피하라는 경고방송을 틀어댔다. 그때까지만 해도 문 앞에 서서 불구경을 하던 주민들은 깜짝 놀라 아이들과 애완동물, 가재도구를 찾아 차에 싣기 시작했다. 좁은 도로는 이내 차량으로 가득 차버렸고, 사람들은 자욱한 연기와 늘어진 전기선을 헤치며 탈출로를 찾았다. 충돌한 차량들이 길을 막았다. 혼란과 공포가 불길처럼 번져나갔다.

소방대는 불바다를 막기 위해 사력을 다했다. 그러나 불길은 자꾸만 번져나갔다. 곳곳에서 전선이 불에 타면서 소방전이 가동되지 않았다.

무엇보다 살인적인 돌풍이 화재진압을 가로막았다. 게다가 대형 화재에서 나타나는 굴뚝효과까지 가세했다. 불이 자체적으로 바람을 일으켜 불길을 부채질하는 현상이다. 불길이 최고조에 달했을 때는 11초에 한 채 꼴로 집을 집어삼켰다. 불과 1시간 안에 800채의 건물이 화마에 희생되었다.

해가 지자 마침내 바람이 잠잠해졌고 소방대원들의 진압 활동이 본격적으로 힘을 얻었다. 그러나 불길이 완전히 잡힐 때까지는 이틀이 더 걸렸다. 결과는 참혹했다. 사망자 25명, 부상자 150명에 3,800채가 넘는 주택이 불에 탔으며 5,000명이 집을 잃었다. 집계된 피해액은 무려 15억 달러였다.

얼마 후 풀러턴에 있는 캘리포니아 주립대학교 커뮤니케이션학 연구소의 젊은 교수 셰이 세이어Shay Sayre는 대화재와 그것이 피해자들에게 미친 영향을 학문적으로 연구하기 시작했다. 연구를 위해 그는 69명의 주민들과 장시간 인터뷰를 하였으며 언론보도, 사진, 동영상, 일기장, 편지들을 분석하였다. 화재 이후에 열린 주민들과의 만남과 워크숍의 회의록 역시 분석 자료로 이용하였다.

그는 피해자를 두 집단으로 나뉘었다. 한쪽은 대피는 하였지만 화재가 진압된 후 무사히 집으로 돌아온 사람들이었고, 다른 쪽은 화재로 집을 잃은 피해자들이었다. 차이는 극명했다. 집을 잃지 않은 쪽에겐 화재가 충격적이었고 일시적으로 일상생활을 뒤죽박죽으로 만든 사건이었지만 결국엔 불쾌한 경험 이상이 아니었다. 그러나 집을 잃은 피해자들에게 그날의 사건은 삶을 완전히 뒤바꿔놓은 경험이었다. 그들 중 상당수는 심각한 위기를 겪고 있었다. 두 집단의 소통은 매우 힘든 것으로 드러났다. 화재가 이웃 사이에 넘을 수 없는 깊은 감정의 골을 파놓은 것 같았다. "저 사람들은 집을 건진 사람들이고 우리는 직격탄을 맞은 사람들이에요. 우리가 무엇을 잃어버렸는지 저 사람들은 절대 이해할 수 없어요." 집을 잃은 한 사람은 두 집단의 불통 원인을 이렇게 요약하였다.

화제가 진압된 후 집으로 돌아올 수 있었던 주민들도 많은 변화를 확인하였다. 예전보다 자기 물건을 더 소중하게 여겼고 주변의 물건들에 더 강한 유대감을 느꼈으며 물건의 유한성을 더 절실히 깨달았다. 예를 들어 한 남성은 지금까지 살면서 정말로 중요한 물건이 무엇이었는지 몰랐는데 이제야 알게 되었다고 털어놓았다. "이제는 뭐가 중요한지 알 것 같습니다." 집을 잃지는 않았어도 그들 역시 자신의 소유물을 바라보는 관점이 엄청나게 바뀐 것이다. 그렇지만 그들의 변화는 집을 잃은 사람들의 반응에 비하면 새발의 피도 못 되었다. 집을 잃은 사람들은 아끼는 물건을 잃어버렸다는 사실에 심한 분노를 느끼며 고통스러울 정도로 화가 난다고 고백하였다. 우울증과 트라우마 증상을 호소하는 숫자도 적지 않았다. 한 여인은 말했다. "'전부 다 잃었다'는 의미로는 와닿지가 않습니다. 집과 물건이 사라지면서 나 자신도 사라져버린 겁니다. 뭐가 어떻게 된 일인지 도무지 종잡을 수가 없습니다."

물건과 함께 일상의 틀이, 기존의 생활양식이 깨져버렸다. 어떤 사람은 중요한 것을 모조리 기록하던 연필과 가죽 노트를 잃었고 어떤 이는 혼자서 달콤한 낮잠을 즐기던 소파를 잃었다. 또 어떤 이는 친구나 이웃이 찾아오면 수다의 문을 열어주던 이탈리아제 에스프레소 기계를 잃어버렸다. 잃어버린 물건은 인생사를 상징하였다. 사진과 일기장, 편지와 기념품들은 중요했던 사건이나 아름다웠던 한 시절을 담고 있었다. 피해자들은 그런 물건들을 잃어버림으로써 자신의 과거도 함께 상실했다는 느낌에 사로잡혔다.

피해자들을 고통스럽게 한 것은 깊은 허무감이었다. 내 물건이 더 이상 존재하지 않는다는 상실감은 뿌리가 뽑혔다는 느낌, 외로움과 고독을 불러왔다. 물건 그 자체나 그 물건의 실제 가치, 혹은 경제적 가치가 문제가 아니었다. 잃어버린 물건은 지금까지의 인생을 비추는 상징이었다. 그런 상징이 사라졌다는 사실이 그들을 괴롭혔다. 불길이 그들의 인생에 커다란 검은 구멍을 뚫어놓은 것 같았다. 한 여성은 이런 말을 했다. "우리는 과거를 잃은 고아가 되었습니다. 기억상실에 시달리는 것 같고, 불이 나기 전에는 우리가 존재하지 않았던 것 같습니다. 새 옷을 샀지만 그것이 그 옛날 옷은 아니잖습니까? 그나마 옷 색깔들도 하나같이 다 칙칙합니다. 치마도 다 긴 치마만 샀습니다. 우리는 딴사람이 되어버렸습니다. 옛날의 우리는 그날의 불길에 다 타버렸습니다." 한 남성은 또 이렇게 말했다. "그날의 사건을 두고 나 자신과 대화를 나누어봅니다. 결론은 불이 내가 가진 모든 것을 파괴하였다는 거지요. 그뿐이 아닙니다. 불은 과거의 나까지도 몽땅 다 태우고 말았습니다."

오클랜드 화재의 피해 지역은 생활이 여유롭고 좋은 직장을 가진 중산층들이 모여 살던 동네였다. 불에 탄 집들의 평균 가격이 지금의 시가로 따져 6만 달러에 육박하였다. 그러므로 피해자들의 삶에서 물질적 소유가 특별히 높은 비중을 차지했다고 추측할 수는 없다. 그러나 소유물의 상실로 인한 심각한 정서적 결과는 결코 재산이 많은 사람들이나 특정 주민들에 한정되지 않는다. 어느 날 갑자기 자신의 의도와 달리 가진 것을 잃은 사람들은 재산의 많고 적음이나 연령, 성별과 관계없이 모두가 정체성의 기반이 흔들리는 위기를 경험하게 된다.

물질의 가치는 슬픔의 깊이에 큰 역할을 하지 못한다. 잃어버린 집이나 자동차, 가구, 기타 물건들의 가격이 얼마였는지는 중요하지 않다. 얼마나 많은 노력과 에너지, 추억과 사랑이 그 안에 담겨 있는지가 더 중요하다. 소박한 오두막이 불에 탔어도 값비싼 빌라를 잃은 것 못지않게 슬프고 괴롭다. 미국 웨스트 버지니아 주의 홍수에서도 알 수 있듯 오히려 볼품없는 오두막이 비싼 집보다 더 큰 가치를 지닐 수도 있는 것이다.

1972년 2월 26일 미국 수도 워싱턴 D.C.에서 서쪽으로 380마일 떨어진 버팔로 크리크 계곡으로 거대한 물줄기가 밀려들어왔다. 석탄 진흙과 탄광 폐수를 막는 둑이 터지면서 5억 리터의 끈끈한 검은 물이 인접 계곡으로 흘러든 것이다. 그곳에 있던 16개의 광산촌이 그 물에 잠겼다. 인명피해는 심각했다. 부상자가 1,000명, 사망자가 125명이었다. 물질적인 피해도 심각했다. 5,000명에 이르는 주민의 80퍼센트가 집을 잃었다.

탄광 운영자를 상대로 제기된 소송과 관련하여 사회학자 카이 에릭슨^{Kai Erikson} (유명한 심리학자 에릭 에릭슨의 아들)이 쓴 연구 논문에는 그 사건이 피해자들의 심리에 미친 영향이 기록되어 있다. 그는 그 논문에서 집을 잃은 탄광주민들이 겪은 심각한 정신적 충격을 기술하였다. 적지 않은 사람들이 전 재산을 잃었을 뿐 아니라 자기 집이 물에 잠기는 광경을 근처 언덕의 전망대에서 제 눈으로 지켜보았다. 집이 통째로 쓸려가버린 경우도 허다했다. 돌아와보니 아무것도 없었다. "아무것도 없었어요. 깨끗하게 떠내려 가버렸더라고요. 하나도 못 건졌어요. 집 옆에 있던 나무를 보고 집터인 줄 알았을 정도니까요."

이런 식으로 갑작스럽게 집을 잃어버렸는데 힘들지 않을 사람이 어디 있겠는가. 하지만 그 지역 주민들에겐 특히 고통스러웠다. 피해자들은 광부들이었다. 오랜 세월 모질게 일한 덕에 부자 소리는 못 들어도 그럭저럭 먹고살 만해진 사람들이었다. 대다수가 1920~30년대 당시의 광산회사가 광부용으로 지은 낡은 오두막으로 입주하였고 엄청난 시간과 상상력, 노동을 쏟아부어 그 낡은 오두막을 안락한 현대식 주택으로 탈바꿈시켰다. 수도를 놓고 전기를 끌어오고 현대식 욕실과 창문을 만들고 증축을 하고 테라스를 지었다. 그들이 리모델링한 버팔로 크리크의 집은 단순히 사람이 사는 건물이 아니었다. 그것은 가난에서 벗어나 성공을 일구어낸 성공한 인생의 상징이었고 정체성의 일부였다.

한 피해자는 말했다. "제겐 그 집이 십만 달러, 백만 달러짜리 집보다 더 가치가 있었습니다. 제가 일군 제 집이었으니까요."

대부분의 피해는 나중에 탄광회사에서 보상을 받았다. 하지만 돈과 새집은 큰 위로가 되지 못했다. 한 남자는 말했다. "새집으로 이사했습니다. 예전 집보다 훨씬 좋아요. 그래도 그건 집이지 보금자리가 아닙니다. 예전에는 보금자리가 있었지요. 내 손으로 직접 지은 내 보금자리 말입니다. 많은 땀을 쏟아부었고 수백 개의 못을 내 손으로 박았습니다. 그런데 그 보금자리가 없어졌습니다. 토요일 아침에 집을 나갈 때만 해도 있었는데 일요일 저녁에 돌아오니 사라져버린 겁니다."

시작부터 집을 잃고 슬퍼하는 사람들의 이야기를 하는 것이 이상하게 보일 수도 있겠다. 그러나 보금자리나 전 재산을 잃어버린다는 것은 자신이 누구인지, 어디 소속인지를 알려주는 물질적 버팀목을 잃어버렸다는 의미이다. 에릭슨은 힘주어 말한다. "자기 재산이 물속으로 잠기는 광경을 지켜본 버팔로 크리크의 사람들은 자신의 일부가 죽는 광경을 지켜본 것이나 다름없습니다."

물건을 도난당한 주인들의
고통

버팔로 크리크의 주민들과 비교할 만한 경험을 한 독자들은 그리 많지 않을 것이다. 전쟁을 겪은 세대는 전 재산을 잃는다는 것이 어떤 의미인지 잘 알겠지만 요즘 젊은 세대들은 다행히도 그런 경험을 해본 적이 없을 테니 말이다.

하지만 좀 더 작은 "상실의 트라우마"는 거의 모두가 경험해보았을 일이다. 호텔 방에 결혼반지를 깜빡 두고 나왔다거나 할아버지 사진이든 앨범을 이사하다가 그만 잃어버렸다거나 도둑이 들어 일기장을 훔쳐간 경우 말이다. 평범한 사건이라 그냥 넘어갈 수도 있겠지만 아끼는 물건을 잃거나 도난당한 사람은 예상 외로 극심한 고통을 겪을 수 있다. 이것은 도난의 심리적 결과를 조사한 수많은 연구결과에서도 입증된 사실이다.

예를 들어 미국의 소비 연구가 러셀 벨크^{Russel Belk}는 절도의 피해자들에게 범행 현장을 발견한 직후 어떤 느낌이나 생각이 들었는지 물었다. 많은 사람들이 도둑의 침입을 고통스러운 월권행위로 느꼈고 강한 분노를 느꼈다고 대답했다. 여성들의 경우 신체적인 공격을 당했거나 성추행을 당한 기분이 들었다고 대답했다. 영국의 범죄학자 마이크 맥과이어^{Mike Maguire}의 연구결과에서도 여성 피해자들은 자신이 입은 피해를 성적인 공격과 비교하였다. 그래서인지 "불결", "악용" 같은 단어를 사용했고 "모르는 더러운 남자가 그들의 물건에 손을 대는" 상상을 했다. 한 여성은 이렇게 말했다. "사람을 잃은 것보다야 못하겠지만 마치 강간을 당한 기분이었어요."

천재지변으로 재산을 잃었을 때처럼 도난 피해 역시 일차적인 문제는 물질적 피해가 아니었다. 고통의 원인은 4개의 벽 안에 쌓아두었던 자신의 내밀한 세계가 훼손당했다는 사실이었다. 도난당한 물건이 상징하는 자아의 일부를 잃어버렸다는 생각이었다. "돈만 훔쳐갔다는 걸 확인하고 얼마나 안도했는지 몰라요." 한 프랑스 여성은 이렇게 강조했다. 돈은 추상적이고 대체 가능하다. 그러나 시간과 노력을 투자했거나 누군가를 추억하는 물건은 그 무엇으로도 대체할 수 없다. 미국의 한 여대생은 자전거를 도난당한 후 한 신문사와 인터뷰에서 미지의 도둑을 향해 이렇게 호소하였다. "돈보다 훨씬 소중한 내 물건을 누군가 팔아 치운다고 상상하니 가슴이 너무 아픕니다. 자전거에는 그것을 한 대의 기계 이상으로 만드는 각자의 스토리가 담겨 있습니다. 그런데 바로 그 자전거를 당신이 훔쳐갔습니다. 당신은 내 인생의 한 조각을 훔쳐갔습니다. 나의 추억을 가져가버린 겁니다."

그런 감정을 추스르기란 쉬운 일이 아닌 듯하다. 벨크의 연구 논문에 소개된 한 여성은 이렇게 말했다. "내 물건에 손을 대려는 사람은 나 자신에게 손해를 입히려는 사람입니다." 물론 너무 물질에 집착한다는 인상을 지우려고 이런 말을 덧붙이기는 했다. "물론 일정 정도 거리를 두고 보아야 합니다. 아무리 그래도 물건은 물건에 불과하니까요."

어쨌든 그런 이유 때문인지 몰라도 물건을 도난당한 피해자들은 많은 이해와 공감을 얻는다. 경찰들 역시 개인적인 물건을 도난당했을 때 얼마나 고통이 큰지 잘 아는 것 같다. 절도 사건에 대한 경찰의 대응조처를 조사한 미국의 한 연구결과를 보면, 질문을 받은 경찰관들은 보석이나 추억이 많을 것 같은 물건을 도난당했을 경우 특히 더 세심하게 조사를 한다고 대답했다. 그럴 경우 도난당한 물건의 가격과 관계없이 범행현장의 지문을 평균 이상으로 많이 조사한다고 했다. 이 연구를 실시하였던 여성 사회학자 바바라 스텐로스Barbara Stenross는 경찰관들의 그런 태도를 도난당한 물건 주인들의 고통을 헤아려주려는 노력으로 해석했다.

물건을 도난당한 주인의 고통. 이런 말을 들으면 나도 모르게 20여 년 전의 그 기차 여행이 떠오른다. 당시 나는 더블린에서 공부를 하고 있었다. 크리스마스 방학을 맞아 집에 왔다가 새해를 맞이하러 부모님과 함께 오스트리아의 친척집을 다녀오게 되었다. 사건은 돌아오는 길에 일어났다. 잘츠부르크에서 퀼른까지는 꽤 먼 거리다. 뷔르츠부르크를 막 지나서 우리는 식당차에 가서 점심을 먹었다. 그런데 우리 좌석으로 돌아오니 내 배낭이 보이지 않았다. 부모님 트렁크는 그대로 있는데 선반에 올려놓았던 내 배낭만 감쪽같이 사라진 것이다. 나는 어찌할 바를 몰랐다. 옆자리 승객들에게 물어봤지만 다 모른다고 했다. 결국 우리는 열차의 차장에게 달려갔고 그는 우리를 경찰에 인계하였다.

아직도 기억이 난다. 퀼른 역사에 서 있는 내 모습 말이다. 멍한 표정의 나는 배낭이 없어졌다는 사실을 믿으려고 하지 않았다. 신고를 접수한 경찰관은 찾을 희망이 별로 없다고 말했다. 도둑이 프랑크푸르트 중앙역에서 기차에 올라 물건을 훔치고 곧바로 다음 역인 공항 역에서 내렸을 것이라고 했다. 그러니까 불과 10여 분 동안에 일어난 일인 것이다. 가방을 뒤져서 값나가는 물건만 꺼내고 나머지는 버렸을 것이라고 했다. 분노가 치밀어 올랐고 눈물이 주체할 수 없이 흘렀다. 공부하려고 가져왔던 세미나 자료들, 부모님이 크리스마스 선물로 사주신 예쁜 스웨터, 아일랜드 친구들의 사진, 그리고 무엇보다 내 일기장이 떠올랐다. 낯선 사람들이 내 은밀한 생각과 감정들을 읽었다고 생각하니 미칠 것 같았다. 몇 시간 동안 진정을 할 수가 없었다. 그리고 몇 날 며칠을 도둑들이 물건을 또 훔치려고 내 뒷조사를 하고 있다고 상상했다. 위장에 통증을 느끼지 않고서도 그 사건을 떠올릴 수 있게 되기까지는 몇 주가 걸렸다.

도난이든 화재든, 자기 실수든, 아끼던 물건을 잃어버린 사람은 오랫동안 상실감에서 벗어나지 못한다. 물론 제아무리 아끼는 물건이라도 가까운 사람이 죽은 것에 비할 수는 없을 것이다. 하지만 고통의 소화과정은 사랑하는 사람을 먼저 보낸 유가족의 감정과 비슷하다. 유가족처럼 부인, 분노, 우울, 그리고 —몇 달이 지난 후에 비로소— 인정의 단계를 거치는 것이다.

잃어버린 물건을 향한 안타까운 마음이 얼마나 깊고 오래갈 수 있는지, 정상 생활로 돌아오는 것이 얼마나 힘든지는 플로리다 대화재 사건의 연구결과로도 입증이 된다. 1998년 5월에서 6월까지 미국 남동부 끝자락의 플로리다 주에서 대형 산불이 발생했다. 그때까지 그 지역에서 발생한 최악의 산불이었다. 피해 면적이 2,000평방킬로미터가 넘었고 13만 명이 대피를 했다. 다행히 인명피해는 없었지만 주택 368채가 일부 파손되거나 전소되었다.

여러 학과에서 참여한 연합 연구팀은 그 화재가 피해자들의 심리에 얼마나 장기적인 영향을 미쳤는지 조사했다. 피해가 심각했던 68명의 주민들을 대상으로 각기 1년 후와 4년 후에 설문 조사를 실시했다. 그들은 그 사건을 떠올리기조차 싫다고 말했고 자기감정을 털어놓는 것도 힘들다고 했다. 보금자리가 무너지고 아끼던 물건을 잃어버린 것이 그들의 가슴에 그처럼 깊은 상처를 남긴 것이다. 다행히 신속하게 대피 명령이 떨어져 목숨을 잃은 사람은 없었다. 하지만 돌아왔을 때 자기 집이 불에 탔거나 아예 흔적도 없이 사라져버렸다면 어느 누가 충격을 받지 않을 수 있겠는가. 트래비스라고 이름을 밝힌 한 남자는 이렇게 말했다. "돌아와보니 집이 없어졌더라고요. 벽 4개만 덩그러니 남았고 지붕도 현관문도 창문도 없었어요. 그 광경을 처음 보았을 때는 정말 당해보지 않은 사람은 뭐라고 말을 할 수가 없습니다. 일생을 바쳐 쌓은 모든 것이 한 줌의 재로 변해버렸습니다. 땅을 뒤덮은 0.5미터의 재로 말이지요. 어떻게 그 기분을 말로 표현할 수 있겠습니까?"

피해자들의 대답에선 슬픔의 각 단계가 확연히 드러났다. 인터뷰를 한 대다수는 처음에는 인정을 하고 싶지 않았다고 말했다. ("이게 우리 집이라는 걸 믿을 수가 없었어요." "차에서 내려서 내 눈으로 보고 싶지 않았습니다.") 이어 격렬한 분노가 밀어닥치고 그 뒤를 따라 우울한 단계가 찾아온다. ("다 끝났구나 싶더라고요.") 그러나 시간이 흐를수록 상실의 고통은 잦아들고 점차 긍정적인 관점이 자라난다. ("추억은 영원히 내 가슴에 있을 거야.", "그런 경험은 배울 점이 많은 법이지.")

화재를 견디고 남은 것을 통해 위기를 극복하기도 한다. 피해자들은 노다지꾼처럼 잿더미를 뒤졌던 자신들의 경험담들을 들려주었다. 특히 아끼던 물건을 집중적으로 찾았다. 손만 더러워지고 하나도 못 건진 경우도 많았지만 때로 운이 좋아 아끼던 물건을 찾기도 했다. 한 여성은 금고 안에서 무사히 화재를 견딘 남편과 자신의 결혼반지를 찾았고, 한 남성은 녹아 철 덩어리가 된 미니어처 기차의 선로 몇 개를 찾아냈다. 모두들 훼손된 물건도 고이 간직했다. 사고를 당해 절름발이가 된 강아지를 더 아끼듯 손상된 물건에 오히려 더 애정을 쏟았다. 지극히 평범한 물건들도, 예를 들어 녹아버린 전구라든지, 깨진 커피잔 조각도 이제 특별한 의미를 얻게 되었다. 주인이 겪은 재난의 확실한 증거품이 된 것이다.

일상으로 돌아오려면 집을 다시 짓고 물건을 다시 장만해야 한다. 미국처럼 소비를 즐기는 나라에서 온 집안의 물건을 새로 장만하고 옷을 몽땅 새로 사야 한다니 피해자들이 좋아했을 수도 있다. 하지만 사정은 전혀 그렇지 않았다. 인터뷰에 응한 피해자들은 화재 사건 후 처음으로 나선 쇼핑을 "필수품의 대용품"으로 "특별한 의미가 없는 물건의 구매"로 해석했다. 특히 소파나 싱크대, 피아노처럼 덩치가 큰 물건의 구입에는 더 소극적이었다. 아마 일정 정도의 공포와 불안이 작용했을 것이다. "물건 구입은 서서히 하기로 했습니다. 또 그런 일이 일어날 수 있다는 생각이 머리 한 켠에 늘 있었거든요." 개인적으로 중요한 물건, 이용 가치만으로 따질 수 없는 물건은 그냥 막무가내로 살 수 없다는 깨달음도 한몫했을 것이다. 인간관계가 하룻밤 사이에 맺어지는 것이 아니듯 깊은 유대감을 느끼는 물건들로 집 안을 채우는 데에도 시간이 필요했던 것이다.

퀼른의 영화감독 로베르트 비초렉 역시 다시 예전처럼 보금자리를 마련할 때까지 한참의 시간이 걸렸다. 새 거처는 금방 찾았다. 옛날 집 근처에 집을 구했다. 하지만 실내를 꾸미는 데에는 많은 시간이 들었다. 상실감이 너무 깊었다. 강렬한 슬픔이 잦아들기까지는 온전히 1년이라는 시간이 필요했다. 그동안 집 안은 횅하니 비어 있었다. 그는 인터넷으로 매트리스를 구입하여 대학생 자취방 수준으로 살았다. 소방관이 옛날 집에서 꺼내준 박스도 금방 열어보지 못했다. 조금씩 조금씩 집안을 채워나가기 시작했고 그마저도 옛날 집을 그대로 옮기려 애썼다. 친구들은 자주 말했다. "옛날 집하고 똑같아." 잃어버린 책도 다시 사들였다. 최대한 똑같은 판본으로 구입했다.

지나치다고 생각할 수도 있을 것이다. 그 역시 자신의 행동이 과연 건강한 회복 과정인지 의문이 들 때가 많았다고 고백했다. 하지만 전체적으로 그는 즐거웠다. "어차피 옛날 그 집도 제가 신경 써서 꾸민 집이었잖아요." 책장을 예전과 똑같이 채우는 의식도 유익한 극복전략이라고 생각했다. 주문한 책이 도착하면 포장을 뜯고 이렇게 말하는 거다. "어서 오세요." 그리고 책장에 꽂으며 말한다. "이건 벌써 다 읽었어." 가끔은 자기가 하는 짓이 우습다는 생각이 들 때도 있지만 나쁘지 않았다.

충격적인 사건은 그를 변화시켰다. "예전보다 더 나만의 스타일을 고

수하게 되었습니다." 예전에도 품질 좋고 특이한 가구를 좋아했었다. 하지만 지금 그의 집 가구는 통나무가 압도적이다. 이케아는 완전히 추방해버렸다. 옷도 마찬가지다. "맞춤옷을 주문할까 고민 중입니다. 예전에는 그런 생각을 해본 적이 없어요. 그런데 요즘엔 정말 나만의 물건을 갖고 싶다는 욕망이 강해졌어요."

그 사건이 아니더라도 소유물이라는 주제는 그의 주요 관심 분야였다. 비초렉은 사람과 물건의 관계, 물건에게 느끼는 매력, 물건을 잃어버렸을 때 느끼는 감정에 대해 많이 고민했다. 물론 조금 더 일반적인 의문에도 관심이 많다. 인간이 사물을 만드나? 사물이 인간을 만드나? 누가 누구에게 영향을 미치나? 마니아들이나 강박적 수집가들, 저장 강박증 환자들은 왜 그런 행동을 할까? 물질적인 생활수준과 소비환경, 경제, 사회적 영향의 긴장관계는 어떻게 보아야 할 것인가? 어쩌면 그의 그런 의문을 통해 곧 멋진 영화 한 편이 탄생할지도 모를 일이다.

2장

사물과 자아:

왜 우리의 물건이 곧 우리인가

피츠버그 소재 카네기 멜론 대학교에서 인간과 컴퓨터의 상호작용을 연구하는 사라 키슬러Sara Kiesler 교수는 독창적인 실험을 즐기는 사람이다. 그녀가 몇 년 전 36명의 대학생들을 모아놓고 영화를 상영하였다. 물론 아카데미 수상을 바라보는 기대작은 아니었다. 컴퓨터 모니터에 나타나 마구 돌아다니는 작은 삼각형 하나와 큰 삼각형 하나, 원 하나가 등장인물의 전부였고, 이 도형들이 이리저리 돌아다니가 서로 부딪치기도 하고 직사각형의 구역으로 "들어갔다 나왔다" 하는 것이 영화 줄거리의 전부였다. 실험의 묘미는 몇 사람의 실험참가자에게 미리 작은 삼각형이 그들의 것이라고 일러주었던 데 있었다. 효과는 놀라웠다. 그런 말을 듣지 못한 참가자들이 상대적으로 거리를 두고 도형을 관찰하는 데 비해 작은 삼각형의 "주인들"은 눈에 띄게 감정적이었다. "자신들의" 삼각형과 긴밀한 관계에 있다고 느꼈고, 삼각형을 도움이 되며 호감이 가는 존재로 생각했으며, 작은 삼각형이 큰 삼각형에게 공격당하여 원과 편을 먹었다는 식으로 스토리를 지어냈다.

다른 실험에선 키슬러가 106명의 대학생들을 모아놓고 공작 시간을 가졌다. 평범한 흰색 블록을 하나씩 나누어주고 자기 입맛대로 장식을 하라고 시켰다. 그런데 피실험인의 절반에게는 장식한 돌을 집에 가져가도 된다고 말했고 나머지 절반에게는 블록을 팔 것이라고 말했다. 이 한마디의 효과 역시 놀라웠다. 블록을 가져가도 된다고 말한 사람들은 블록과 정서적인 유대관계를 쌓아나갔을 뿐 아니라 자신이 그리거나 오려 붙인 그 작은 블록이 자기 자신을 상징한다는 느낌을 가졌다. 블록이 세상에서 단 하나밖에 없다고 말했고, 자기 인성과 비슷한 특성을 갖고 있다고 주장했다.

키슬러의 연구결과는 상당한 의미를 갖는다. 물건이 아무리 볼품없고 작다 해도 그것이 아주 잠깐이라도 내 것이 된다면 우리는 모니터의 삼각형과도, 평범한 블록 한 개와도 공감을 쌓고 자신과 그 물건을 동일시할 수 있는 것이다. 하지만 조금만 더 심리학에 대해 알게 되면 이런 키슬러의 깨달음은 그리 뜻밖의 것이 아니다.

우리의 물건은 우리의 일부다. 이는 인간의 사고와 감정을 연구하는 학문에서는 매우 오랜 전통을 자랑하는 이론이다. "인간의 자아는 자기 것이라 부를 수 있는 모든 것의 총합이다. 신체와 심리적 힘뿐 아니라 옷, 집, 아내, 자식, 명성, 직업, 땅, 요트, 은행계좌까지 모두 합친 것이다." 미국 심리학자 윌리엄 제임스는 『심리학의 원칙』에서 이렇게 강조하였다.

제임스는 현대 심리학의 아버지로 꼽히는 인물이다. 많은 독자들이 처음 들어보는 이름이다 싶겠지만 그는 심리학의 역사에서 가장 주목할 만한 인물에 속한다. 뉴욕의 유복한 가정에서 태어난 그는 어린 시절 영국, 프랑스, 스위스, 독일에서 살았고 덕분에 5개 국어를 유창하게 할 수 있는 능력자였다. 꿈은 화가였지만 아마존 탐험대에 참가했고 대학에서 화학과 생리학을 전공하였지만 뜻밖에도 미국 최초의 심리학 교수로 명성을 날렸다. 그는 철학자로도 유명하다.

그는 다양한 주제를 연구했지만, 그중에서도 인간의 정체성과 소유물의 관계에 관한 연구결과는 특히 매력적이다. 학자로서는 매우 문학적인 언어를 사용한 그의 『심리학의 원칙』에는 물질적 세계와 자아의 상호작용에 대한 구체적인 설명이 들어 있다. 인간은 자신[me]과 자기 것[mine]을 구분하기가 매우 힘들다고 주장한 그는 그 이유를 "우리는 자기 것에 대해 자신과 비슷한 감정을 느끼며 자기 것을 자기 자신과 비슷하게 대우하기 때문이다"라고 설명했다. 나아가 "자기 소유물이 원기를 뿜어대고 싱싱하면 소유자도 기뻐 환해지지만, 소유물이 사그라들다가 죽어버리면 사람도 풀이 팍 죽는다." 특히 "우리의 노동으로 흠뻑 젖은" 물건들은 우리와 특별히 긴밀한 관계를 맺는다고 제임스는 강조했다. "평생 동안 만든 작품 —곤충 채집이나 직접 쓴 노트— 이 갑자기 없어졌을 때 개인적으로 절망감을 느끼지 않을 사람은 얼마 없다." 그런 사건이 발생한 후에는 "자신의 인성이 오그라든 느낌이 들며 자신의 일부가 없어진 것 같은 기분이 든다." 아마 오클랜드 대화재나 버팔로 크리크 홍수의 피해자들이 그의 이 글을 읽었다면 전폭적으로 공감을 했을 것이다.

우리는 우리가 가진 것이다. 물질주의적이고 피상적인 소비문화의 모토처럼 들리는 이 말을 제임스는 인간 자화상의 중요한 원칙이라고 불렀다. 사물은 자아의 표현일 뿐 아니라 자아의 일부라고 말이다. 그에 따르면 내면의 세상과 물질의 세상 사이에는 정식으로 공간적인 관계가 존재한다. 그래서 어떤 물건을 갖게 되면 물질적 자아가 확장되고, 물건을 잃으면 물질적 자아도 축소된다. 제임스는 마음이 좁은 사람과 마음이 넓은 사람을 구분하였다. 마음이 좁은 사람은 담을 쌓고 자신이 소유할 수 없는 모든 것에서 한 발 뒤로 물러난다. 이렇게 확실하게 그은 경계선 때문에 그의 자아는 작다. 반면 마음이 넓은 사람은 자아가 크고 자아의 경계선이 유동적이다. 제임스는 더 이상의 설명을 하지 않았지만, 나는 이 지점에서 자기 것이 아닌 것, 이웃집 예쁜 정원,

도서관의 책을 자기 인성의 일부로 생각하고 그것들의 존재에 행복해하는 사람을 상상하였다.

제임스 말고도 많은 학자들이 정체성을 확립해주는 사물의 의미를 강조하였다. 예를 들어 인성심리학자 고든 올포트^{Gordon Allport}는 1930년대에 인간의 자아가 어떻게 형성되는지를 설명하였다. 그에 따르면 인간은 아동기와 청소년기를 거치면서 자기 것이라고 생각되는, 점점 더 많은 사물들에게로 자존감을 확장시키며, 그를 통해 자기만의 정체성을 확립한다. 영국 발달심리학자 도널드 위니코트^{Donald Winnicott} 역시 아동의 성장에 미치는 물질적 대상들의 중요성을 강조한 바 있다. 그가 아꼈다는 그 유명한 안심담요 (역주—security blanket, 아이가 안도감을 얻기 위해 껴안는 담요) 이야기는 다음 장에서 조금 더 자세히 살펴보기로 하자.

소비연구도 사물의 역할에 관심이 많다. 경제학 교수인 러셀 벨크는 이렇게 말했다. "우리가 가진 것이 곧 우리라는 사실은 소비행동의 가장 중요하고 가장 파급력이 큰 측면이 아닐까 한다." 그는 1980년대에 한 사람의 원래 자아와 그의 소유물로 이루어진 확장된 자아^{extended self} 이론을 발전시킨 인물이다. 제임스처럼 그도 소유물의 개념을 넓게 보아서, 사람, 이념, 장소는 물론이고 특히 아끼는 물건, 선물, 돈과 같은 물질적 소유물을 그에 포함시켰다. 그의 주장은 마케팅 관계자들에게서 큰 반향을 불러일으켰다. 구매자의 행동에 큰 관심을 가진 사람들이니, 자동차나 목걸이가 다리 한쪽이나 지성처럼 인간 정체성의 일부일 수 있다는 주장에 당연히 매료되었을 것이다.

"우리를 둘러싼 물건들은 우리인 것과 분리될 수 없다." 심리학자 미하이 칙센트미하이^{Mihaly Csikszentmihalyi}와 사회학자 유진 록버그 할튼^{Eugen Rochberg Halton}은 말한다. 이들은 흥미로운 문화 지향적 자아관을 개진하였다. 인간의 정체성은 인간이 자신을 둘러싼 문화에게로 관심을 돌리면서 생겨난다는 것이 이들의 주장이다. 이때 물질적 대상들은 상당한 의미를 갖게 된다. 사회적·역사적 구조, 전승된 전통, 문화적 지식의 표현인 그것들을 이용하여 확실하게 문화를 경험할 수 있기 때문이다. 어린아이들부터가 장난감을 통해 문화를 배운다. 예를 들어 자기 성별에 어울리는 옷을 입으면서 남성의 역할과 여성의 역할을 배우게 된다. 이처럼 개인과 문화의 중개자로서 사물은 막강한 권력을 갖는다. "우리가 사물을 만들면 훗날 그 사물이 우리를 만든다." 두 사람은 이렇게 주장한다. "사물은 필요에 따라 쥐었다 놓는 도구에 불과하지 않다. 사물은 경험의 틀을 형성하여 윤곽 없는 우리의 자아에 질서를 부여한다."

이 같은 주장들은 결코 현실과 동떨어진 상아탑의 철학이 아니다. 천재지변이나 도난으로 물건을 잃은 사람들의 이야기는 인간이 실제로 소유물과 얼마나 긴밀한 관계에 있는지를 잘 보여준다. "화재로 전 재산을 잃었어요. 재산뿐 아닙니다. 화제는 과거의 나를 몽땅 다 삼켜버렸습니다." 오클랜드 화재로 전 재산을 잃은 남자의 말이다. 인간과 물건의 밀접한 관계를 이보다 더 잘 설명할 수는 없을 것이다. 옷과 가구, 그림은 쓰다가 버리면 그뿐인 단순한 물건이 아니다. 의식적이든 무의식적이든 우리는 소유물을 자신의 일부로 본다. 칙센트미하이와 할튼의 주장대로 "신비적, 비유적 의미에서가 아니라 실제로 구체적으로" 그러하다.

양파처럼: 우리의 자아

자아와 소유의 일치는 경험적으로 입증이 가능할 만큼 현실적이다. 스무 가지 대답 테스트란 것이 있다. 예를 들면 "나는 누구인가?"라는 간단한 질문 밑에 스무 칸의 빈 줄을 그어놓고 주어진 시간 안에 최대한 많은 칸을 채우는 테스트이다. 심리학과 사회학에서 한 인간의 정체성을 조사할 때 애용하는 방법이다. 실험 참가자들은 평균적으로 약 17가지의 대답을 썼는데 그 종류가 정말로 각양각색이다. "남자다", "여의사다" 같은 명사형 대답이 있는가 하면 "갈색 머리다", "지적이다", "부퍼탈 출신이다" 같은 설명조의 대답도 있다. 그렇지만 이런 대답이 사물과의 관계와 무슨 관련이 있을까? 157명의 대학생들에게 같은 질문을 던져보았더니 놀랍게도 사물을 이용해 자신을 설명한 경우 ―"자동차 주인이다", "예쁜 옷이 많은 사람이다", "돈이 없다"―가 적지 않았다.

뉴헤븐에 소재한 예일 대학교의 임상 심리학과 교수인 에른스트 프리링거Ernst Prelinger는 사물을 이용하여 정체성의 강도를 양적으로 측정할 수 있는 연구방법을 개발하였다. 그는 미군병원에서 근무하는 60명의 군인들에게 160가지 자아의 구성요인을 적은 리스트를 보여주었다. 리스트에는 손목시계 같은 좁은 의미의 소유물도 있었고 발바닥 통증, 동향인, 민주주의 정치 시스템 같은 개념들도 적혀 있었다. 실험 참가자들은 각 항목을 얼마나 자아의 일부로 느끼느냐에 따라 0(전혀 아니다)에서 3(매우 그렇다)까지 점수를 매겼다. 프리링거는 이 결과를 가지고 실험 참가자들이 평균적으로 한 가지 사물 및 사물의 범주와 자신을 얼마나 동일시하는지를 계산하였다.

자아를 까도 까도 속껍질이 계속 나오는 양파라고 가정한다면 "자아감"은 알맹이에서 출발하여 가장 바깥의 껍질에 이르기까지 점차 줄어들 것이며, 프리링거의 연구결과는 다음과 같이 요약될 수 있을 것이다. 신체 부위는 상대적으로 양파 알맹이와 가까워서 점수가 2.98로, 최고점수 3에 거의 육박하였다. 그러니까 실험 참가자들은 자신의 목이나 피부를 매우 강하게 자아의 일부로 보고 있었다. 이어 신체적 과정과 심리적 과정, 예를 들어 성적 흥분이나 양심의 가책이 2.46점으로 그 다음 껍질 층을 차지하였다. 연령, 직업, 생년월일 같은 신원확인용 특징들은 더 바깥쪽에 위치하여 점수가 2.22였다.

그러나 리스트의 항목 중에는 점수가 1.5 이하로, 자아와 비자아의 경계를 벗어난 대상도 많았다. 예를 들어 추상적 이념(1.36), 다른 사람들(1.0) 등이다. 실험 참가자들은 아버지처럼 아주 가까운 친인척도 자아의 일부로 보지 않았다. 또 손에 묻은 먼지나 달처럼 자기 것이 아닌 먼 곳의 대상은 자신과 동일시하지 않았다. 먼지는 0.64점, 달은 0.19

점이었다.

그렇다면 자신의 물건에 대해서는 어떤 평가를 내릴까? 흥미롭게도 물건들은 양파의 제일 바깥 껍질층을 형성하였다. 물론 점수가 1.57로 가까스로 "자아의 영역"에 포함되기는 했다. 그런데 프리링거의 연구방법이 완벽하게 성공적이지는 않았다는 말을 덧붙여야겠다. 그는 금방 닳거나 극소수의 사람들에게만 깊은 의미를 가질 만한 욕실용품 같은 물건들도 질문 대상에 포함시켰다. 의미 있는 물건이나 아끼는 물건에 대해서만 질문을 했다면 분명 물건의 점수는 월등히 더 높았을 것이다. 더구나 프리링거는 이해할 수 없는 이유로 이마에 맺힌 땀을 "자신의 생산물" 범주에 포함시킴으로써 연구결과를 더욱 왜곡시켰다.

그러나 달리 보면 그의 연구결과는 사물과 인간의 관계에 담긴 마법과 비밀의 정곡을 찔렀다고 볼 수 있다. 우리의 소유물은 실제로 안과 밖, 나와 타인의 경계를 이루고 있다. 절망의 순간 침대로 도피하였거나 싸우러 가기 전에 아끼는 스웨터를 "갑옷"처럼 입었던 사람이라면 내가 무슨 말을 하는지 잘 알 것이다. 우리의 물건은 심리의 세계와 물질의 세계를 가로지르는 물질적 다리가 아니던가? 아끼는 물건을 손에 쥐면 순식간에 특정한 감정이나 추억, 소망이 떠오르지 않는가?

이런 물건의 보호기능 및 다리기능은 정서적 위기가 닥쳤을 때 특히 더 중요하다. 자아와 사물의 결합은 심지어 중증 정신장애도 가로막을 수 없을 만큼 강력한 것 같으니 말이다. 쾰른 대학병원 정신과의 한 연구결과를 보면 자아와 자기인식의 많은 측면에서 문제를 겪는 중증 정신분열 환자들의 경우에도 소유물과의 관계는 온전히 유지되는 것을 알 수 있다. 정신과에 입원한 20명의 여성 환자들은 집에 있는 자기 물건들을 놀랄 정도로 정확하게 기억하였고 어떤 물건을 병원으로 갖고 오고 싶은지 물었더니 정확하게 대답하였다. 다른 질문에는 온전한 대답을 못하면서도 옷이나 아끼는 보석, 어린 시절에 가지고 놀던 장난감에 대해서는 또렷하게 기억하고 대답하였다. 자기 물건에 대해 이야기를 하는 순간에는 예전의 인성이 되살아난 것이다. 연구결과의 저자는 말한다. "환자 자격으로 연구에 참여했던 그 사람이 아닌 다른 사람이 우리 눈앞에 나타났다." 그녀들의 물건은 아픈 여인들이 예전 건강했던 자아로 들어가는 창과 같았다.

피 뿌리기와 다른 소유의식

어니스트 비글홀Ernest Beaglehole은 뉴질랜드의 심리학자로 안타깝게도 59세라는 이른 나이에 작고했지만 온 세상을 두루 돌아다닌 인물이다. 모험을 즐기는 아내 펄과 함께 그는 태평양의 외딴 환상 산호초섬, 하와이, 통가의 원주민들과 애리조나 호피 인디언의 문화를 연구하였다. 훗날 비글홀은 뉴질랜드 웰링턴에서 교수가 되었지만 UN 사절단을 이끌고 볼리비아, 에콰도르, 페루로 건너가 열성적으로 활동을 펼쳤다. "사물의 심리학"을 다루는 이 책이 이 활동적인 학자에게 관심을 갖는 이유는 바로 그가 1932년 『소유물Property』이라는 짧지만 인상적인 제목으로 발표한 한 편의 연구 저서 때문이다. 그 책은 획기적인 연구방법으로 당시의 학자들 사이에서 큰 관심을 불러일으켰으며 지금까지도 시대의 탁월한 수작으로 인정받고 있다. 약 300페이지에 이르는 저서에서 그는 "소유권의 기초와 본성"에 대한 포괄적인 시각을 제공한다. 그는 당시의 심리학자들이 인간과 소유물의 관계에 대해 알고 있던 지식을 수집하였을 뿐 아니라 동물과 원시민족의 사물과의 관계를 다룬 생물학 및 인류학 저서들을 샅샅이 연구하였다.

물론 잠깐 옆길로 샜던 동물의 세계는 막다른 골목으로 빠져 더 이상 나아가지 못했다. 비글홀은 곤충, 새, 설치류, 맹금과 원숭이에게서 관찰한 활동들 —먹이를 찾아 비축하며, 둥지나 잠자리를 마련하고 침입자로부터 영역을 보호하는 등— 을 사소한 부분까지 상세히 설명하였다. 그러나 그들의 행동을 인간의 소유행동과 직접적으로 비교할 수는 없다는 결론을 내렸다. 동물과 사물의 관계는 순수 기능적이며 본질적으로 기본 욕구의 만족에 기여한다고 말이다.

동물과 달리 소위 "야만인들"의 관습을 다룬 부분은 시사하는 바가 많다. 비글홀은 전 세계 오지의 30개가 넘는 원시민족에게서 데이터를 모아 정리하였다. 포괄적인 도표들을 작성하여 집이나 카누의 이용, 생필품의 관리, 주인이 사망한 후 물건의 행방 등에 관한 정보를 정리하였다. 그러니까 이 장에서 내가 하고 싶은 말은 원시민족들도, 아니 원시민족이야말로 물건들을 인간 정체성의 일부로 본다는 것이다.

특히 새 물건을 획득할 때의 의식이 인상적이다. 에스키모인들은 새 카누나 새 창을 얻으면 혀로 핥는다. 그것이 새 물건을 자기 것으로 만드는 의식이다. 많은 아프리카 종족의 경우 물통에 제일 먼저 입을 댄 사람이 그 물통의 임자이다. 마오리족은 족장이 머리카락 몇 가닥을 땅에 묻으면 그 땅이 그 부족의 땅이 된다. 밭이나 사냥터에 피를 몇 방울 떨어뜨리거나 탯줄을 묻는 경우도 있다. 비글홀은 이런 의식들을 마법적—애니미즘적 의식이라 부른다. 신체 접촉을 통해 한 인간의 생명력이 대상에게로 옮아간다는 믿음에 근거를 두고 있기 때문이다.

비글홀은 그 밖에도 자아와 소유물의 밀접한 관계를 입증하는 다양한 행동방식들을 소개하였다. 중국과 미얀마에 거주하는 팔라웅족은 아이들에게 어떤 일이 있어도 —장난으로라도— 다른 사람의 옷을 입지 말라고 가르친다. 옷을 입었다가는 그 옷 주인의 나쁜 특성이 아이에게 옮아온다고 믿기 때문이다. 보르네오 섬에 사는 카얀족은 아이가 쓰던 물건을 잃어버리면 큰일이 난다고 믿기 때문에 요람이나 장난감, 작아진 아이 옷을 절대 버리지 않는다. 인도의 나가족은 의자와 침대가 주인의 인성과 하나라고 생각하기 때문에 다른 사람이 허락도 받지 않고 앉으면 엄청난 모욕감을 느낀다. 오스트레일리아 원주민들은 모든 물건에는 주인의 영혼이 깃들어 있다고 믿기 때문에 주변의 물건들을 그냥 덥석 잡지 않는다. 덕분에 집 밖을 나갈 때에도 귀중품을 그냥 집에 두고 가면 된다. 아무도 그의 물건에 손을 대지 않을 테니까. 우리에게도 그런 믿음이 있다면 살기가 참 편할 것이다.

다른 인류학 연구결과를 보면, 사람이 죽어도 물건은 계속 그의 정체성을 담은 상징으로 생각하는 경우가 많다. 죽은 사람을 고인이 쓰던 물건과 함께 매장하는 풍습은 적어도 6만 년 전에 시작된 것으로 보인다. 죽은 사람의 물건을 만지는 것조차 꺼리는 원시민족들도 많다. 물건을 만지면 죽은 사람의 인성에 오염된다고 믿기 때문이다. 성년식이나 종교 집단의 입단식, 전사 임명식에서도 물건은 큰 역할을 한다. 의식이 시작되면 과거의 정체성을 벗어던진다는 의미에서 지금까지 쓰던 물건을 버린다. 그리고 의식을 무사히 마치고 나면 새로운 이름을 받거나 새로운 헤어스타일을 하고 새 정체성을 상징하는 특정한 물건—창이나 옷—을 건네받는다.

지금 우리가 사는 세상에선 새로 구입한 땅에 핏방울을 떨어뜨리거나 죽은 사람을 유품과 함께 묻지 않는다. 하지만 가만히 살펴보면 우리에게도 물건과 정체성의 관계를 강조하는 다양한 행동방식과 의식들이 적지 않게 존재한다. 결혼반지는 그 반지를 낀 사람이 유부녀, 유부남이라는 의미이다. 경찰이나 사제, 의사들은 유니폼을 입음으로써 특정한 역할을 맡게 된다. 요즘 부모들이 자녀에게 처음 휴대전화를 사줄 때는 자녀가 십대가 되었다는 사실을 공식적으로 축하하는 의미이기도 하다.

지극히 개인적인 의식들도 많다. 생일이 되면 자기 자동차를 꽃으로 장식하는 사람이 있는가 하면 오랜 휴가를 마치고 집에 돌아오면 먼저 집 안을 한 바퀴 빙 둘러보는 사람들도 있다. 자신의 정체성을 바꾸고 싶을 땐 물건을 버리거나 부수는 방법을 사용한다. 옷장을 정리하여 안 입는 옷은 재활용 센터에 보내고 전 남자친구의 편지를 다 불태워버린다. 독자들도 스스로를 관찰해보라. 분명 자신에게서도 그런 행동방식들을 발견할 수 있을 것이다.

앞에서 말한 20가지 문제 테스트 역시 이런 사물과의 관계를 입증할 수 있다. "나는 누구인가?"라는 질문에 "메르세데스 벤츠 주인", "자가주택 보유자", "우표 수집가", "멋진 구두를 찾아 헤매는 구두 사냥꾼" 같은 대답들이 가능하다. 또 한 가지, 사물과의 관계를 추적할 수 있는 방법으로 가정의 질문을 꼽을 수 있다. 외딴섬에 간다면 가방에 무엇을 넣고 가겠는가? 집에 불이 났다면 꼭 가지고 나올 물건은? 비밀을 털어놓은 일기장? 잘 어울린다는 칭찬을 많이 들은 붉은색 코트? 아버지가 물려주신 시계?

친구나 이웃집 아이, 파트너에게 이 질문을 던져보라. 아마 나와는 전혀 다른 대답들이 쏟아져나올 것이다. 어떤 물건을 소중하게 생각하는지, 어떤 물건과 가깝다고 느끼는지는 지극히 개인적인 사안이다. 사람이 전부 다 다르듯 그들이 아끼는 물건도 각양각색인 것이다.

수족관에서 우쿨렐레까지:
아끼는 물건과 그 기능

미하이 칙센트미하이와 유진 록버그 할튼이

1977년에 실시한 실험은 사람들이 아끼는 물건의 스펙트럼이 얼마나 넓은지를 잘 보여준다. 훗날 "시카고 연구"라는 이름을 얻은 이 실험은 방법이 매우 간단하다. 학자들은 다양한 연령, 다양한 사회계층의 사람들에게 집에 있는 물건 중에서 특별히 아끼는 것이 무엇인지, 그 이유가 무엇인지 물었다. 그런데 놀랍게도 이런 간단한 질문을 그때까지 어떤 학자도 물어보거나 연구한 적이 없었다.

시카고에 사는 노동자 및 중산층 80가구가 실험에 참가하였다. 선별 기준은 부모가 있고 자녀가 최소 1명, 조부모가 최소 1명인 가정이었다. 따라서 8세에서 80세까지의 총 315명이 실험에 참가하였다. 이들이 아끼는 물건으로 꼽은 물건은 총 1,694가지로, 1인당 평균 5가지였다. 학자들은 이 물건을 41개의 범주로 구분하였다. 가장 많이 언급된 품목은 가구, 그림, 사진, 책, 오디오였다. 물론 전혀 의외인 품목도 등장했다. 수족관, 우쿨렐레, TV, 나비 수집, 권총, 식탁 위에 놓인 촛대, 부엌의 토스트 기계, 벽난로 위에 놓인 박제, 낡아 해어진 조깅화 등등…… 그래서 이 설문조사 결과를 보면 아끼는 물건이 될 수 없는 물건은 없는 것 같다.

이유 역시 가지각색이었다. 어떤 아주머니는 자신의 할머니가 1970년대에 손녀인 자신을 보러 오시면서 장만해 갖다주신 찻잔을 가장 아끼는 물건으로 꼽았다. 환경의식이 높은 한 남성은 돈이 마련되면 지붕에 태양열 장치를 설비하려고 한다며 자신의 전기톱을 소중한 물건으로 꼽았다. 한 젊은이는 밥을 먹을 때마다 아름다운 문양이 떠오른다는 식기세트를 가장 아낀다고 대답했다. 총 3~40여 가지의 이유가 나왔다. 사물의 다양한 기능을 입증하는 다른 연구결과들도 있다. 영국 서섹스 대학교의 사회심리학자 헬가 디트마Helga Dittmar는 1980년대 말 160명의 직장인, 실업자, 대학생들을 상대로 설문조사를 실시하였고, 실험 참가자들이 특정한 물건을 아끼는 이유 33가지를 찾아냈다. 몇 년 후 심리학 교수 틸만 하버마스Tilmann Habermas(그 유명한 철학자 위르겐 하버마스의 아들)는 186명의 의대생을 대상으로 아끼는 물건을 조사하여 35가지의 다른 이유를 밝혀냈다.

심리학자들은 이 이유들을 대략 도구적 기능과 상징적 기능으로 나눈다. 추상적으로 들리지만 알고 보면 지극히 구체적인 생각들이 숨어 있는 두 가지 개념이다.

도구적 기능 : 긴장완화, 활동, 몰입

도구란 목적을 위한 수단이다. 어떤 물건의 목적이 지극히 평범할 수 있다. 소파는 편안하게 앉을 수 있으며 드라이기는 젖은 머리를 말려준다. 그렇지만 물건이 육체적, 예술적, 지적 활동을 가능하게 할 수도, 의미를 부여하거나 긴장을 완화시켜줄 수도 있다. 이런 범주에서 중요한 물건이 바로 TV이다. 시카고 연구에서는 5명에 1명꼴로 TV를 아끼는 물건으로 꼽았다. 특히 어린이와 청소년, 노인들, 남성 실험 참가자의 비율이 높았다. 그들에게 이유를 물어보니 버튼 하나만 눌러도 긴장을 풀어준다는 대답이 많았다. TV처럼 다른 세상사를 완전히 잊게 해주는 물건이 거의 없다는 것이다. 하지만 TV가 제공하는 긴장완화 효과에는 어두운 면이 있다. 자극적인 내용이 너무 많은데다, TV를 보고 있으면 몸이 나른해지고 쓸데없이 시간을 보내고 있다는 양심의 가책이 든다.

TV 이외에 또 아끼는 물건 리스트에서 높은 자리를 차지하는 것으로는 운동기구와 악기를 꼽을 수 있다. 스케이트보드를 타고 인도를 달리거나 쇼팽의 소나타로 손가락의 유연성을 테스트하다보면 재미만 있는 게 아니다. 나는 할 수 있다는 만족감을 느낄 수 있다. 해냈어! 심리학자들은 이런 경험을 자기효능감이라 부른다. 어쩌면 몰입을 경험할 수도 있다. 몰입이란 자신을 잃어버릴 정도로 집중한 상태, 어떤 행위에 완전히 빠져든 상태를 말한다. 구체적인 목표가 눈앞에 있을 때, 도전을 하되 내가 할 수 있는 도전일 때, 자신의 성과에 대한 명확한 피드백을 받을 때 우리는 몰입을 경험한다. 그리고 특히 스키를 타거나, 오토바이를 탈 때, 악기를 연주하거나 컴퓨터 게임을 할 때 그런 "유동상태"를 충분히 경험할 수 있다.

상징적 기능 : 더 심오한 의미를 가진 물건들

실용적 기능과는 다른, 보다 심오한 의미 때문에 어떤 물건을 간직하는 사람들이 적지 않다. 사실 아끼는 물건일수록 그런 상징적 의미를 가질 가능성이 높다. 하지만 상징의 의미는 누가 봐도 알 수 있는 것이 아니기 때문에 해석이 필요할 때가 많다. 결혼반지나 여러 가지 색깔의 태권도 띠처럼 그 사람이 속한 사회와 문화를 알면 쉽게 이해할 수 있는 의미가 있는가 하면 물건의 주인 말고는 아무도 알 수 없는 의미도 있다. 다음에 열거되는 몇 가지 측면들은 물건의 상징적 가치를 이해하는 데 특히 중요하다.

자기표현 : 자신과 동일시하는 어떤 특성을 그 물건이 상징할 수 있다. 하버마스는 이를 "정체성 대상"이라 부른다. 예를 들어 어떤 미대생은 즐겨 입는 화려한 코트가 유행을 추종하지 않는 줏대의 표현이라고 생각한다. 스스로 줏대가 있다고 생각할 뿐 아니라 남들에게도 그런 자신의 면모를 알리고 싶다. 그러므로 그런 물건은 거리가 멀어도 상관없다. 그 미대생과 이야기를 나누어보지 않아도 된다. 그녀가 입은 외투만 봐도 그녀가 튀는 걸 좋아한다는 것을 충분히 짐작할 수 있다. 사람들은 특정 상황에서 그런 물질적 메시지를 특히 즐겨 이용한다. 새로운 과제나 역할을 맡아 전혀 모르는 분야에 발을 들였을 때, 시내를 거닐면서 타인들이 날 바라봐주기를 기대할 때가 그런 경우이다. 대표적인 "정체성 대상"은 옷이나 구두, 장신구, 안경, 모자 등 몸에 지니고 다니는 물건이다. 명확한 메시지를 담은 단추나 배지, 자동차, 오토바이, 자전거, 스케이트보드 같은 "개인" 이동수단도 여기에 해당된다. 또 가구와 기타 인테리어 물품들도 정체성의 거울이 될 수 있다.

신분 : 각 문화마다 높은 평가를 받는 물건들이 있다. 그것을 가진 주

인은 타인의 존경을 받거나 부러움을 한 몸에 산다. 비싼 외제차, 유서 깊은 도자기, 희귀한 보석 등이 그런 물건일 수 있겠다. 대부분은 귀하고 비싸거나 오래된 물건들이다. 그 사회의 엘리트들에게 사랑받기 때문에 신분의 상징으로 이용되는 물건도 있다. 볼품없는 장화도 할리우드 여배우 몇 명이 신었다고 하면 당장 초대박 상품이 된다. 신분의 상징을 소유하는 것은 특별한 방식의 자기표현이다. 그런 물건을 통해 "나는 너희들보다 우월해"라는 메시지를 남들에게 전달하는 것이다. 문제는 너도나도 다 그 장화를 따라 신게 되면 대중과 그 물건의 주인을 구분하던 경계가 사라지고 만다. 실제로 많은 사회학자들은 전통적인 신분 상징의 의미가 지난 몇십 년 동안 크게 감소하였다고 말한다. 점점 더 많은 계층이 그런 물건을 소유할 수 있게 되었기 때문이다. 특히 요즘 같은 속도를 먹고 사는 기술 세상에서는 제아무리 최신형 아이폰도 몇 달만 지나면 값싼 할인상품으로 전락하고 만다. 신분의 상징을 유지하려면 쉼 없이 최신형 모델로 바꾸는 수밖에 없다.

과거나 미래의 성공 : 어떤 물건이 과거의 업적을 상기시키거나 (벽에 걸린 대학졸업장, 장식장에 놓인 트로피) 혹은 미래의 성공을 자극할 수 있다(테니스 초보자가 큰마음 먹고 구입한 비싼 테니스채). 이런 종류의 물건은 자존감이 떨어지거나 현재의 자아상이 이상적 자아상에 미치지 못할 경우 특히 큰 의미가 있다. 로버트 위클런드Robert Wicklund와 페터 골비처Peter Gollwitzer의 연구팀이 입증한 사실이다. 그들은 일련의 실험을 통해 성적이 좋지 않은 경제학과 대학생들이 직업 전망이 더 좋은 같은 과학생들보다 경영인의 상징들(서류가방, 양복, 비싼 시계)을 더 챙기며, 법학과 대학생들이 실제 법관들보다 더 법관스러운 액세서리에 신경을 쓴다는 사실을 밝혀냈다. 그런 물건들이 "상징적인 자기 보완"의 기능을 맡아 열등감을 극복하고 자아상의 취약점을 보완하는 데 도움을 주기 때문이다.

　사회적 소속감 : 물건은 타인과 우리의 관계망을 반영하기도 한다. 거실에 걸린 십자가는 기독교인이라는 증거이며, 유니폼은 특정 직업 집단의 소속을 의미하고, 유물은 세대를 이어주는 연결고리이다. 심지어 할리 데이비슨 클럽이나 우표수집가 연맹처럼 물건이 자체 목적이 되는 경우도 있다. 선물 역시 이 범주에 속한다. 많은 문화권에서 선물은 인간관계를 강화시키는 중요한 수단 중 하나이다. 선물을 하는 사람은 선물을 통해 일정 정도 자신의 일부를 상대방에게 건네준다. 그 선물을 고르거나 만드는 동안 시간과 에너지를 투자했기 때문이다. 그렇지만 오히려 그 점을 못마땅하게 생각하는 사람들도 있다. 장 폴 사르트르 Jean Paul Sartre는 "선물을 한다는 것은 상대방에게 굴복한다는 의미다"라고 말했다. 또 선물을 받는 사람 역시 대부분 선물의 종류를 선택할 수 없고 원하건 원치 않건, 선물을 통해 선물을 한 사람을 떠올리게 될 것이기 때문에 선물을 하는 사람의 권력에 내던져진다고 주장했다. 그러나 경험 연구의 결과를 보면 많은 사람들이 선물 받은 물건을 가장 아끼

는 물건으로 꼽았고, 설사 좋아하지 않아도 고이 간직한다고 대답했다. 아마 평소에 가깝게 지내거나 잊고 싶지 않은 사람이 준 선물이기 때문일 것이다.

인생 회고 : 결혼이나 출산, 퇴직, 여행, 연애, 이별 같은 인생의 중요한 순간을 간직한 물건을 아끼는 사람들도 많다. 물건은 시간적, 공간적 거리를 극복할 수 있기에 기억의 버팀목으로 매우 적합하다. 꿈의 휴가를 보냈던 카리브 해안은 멀리 있지만 그 해변의 모래를 담아온 병은 지금 내 책상에 놓여 있다. 사진, 일기, 편지는 먼 과거를 현재로 불러와 연극의 무대처럼 내 인생의 스토리를 들려준다. 이렇듯 자서전적으로 중요한 물건들은 중요한 순간에 "그 현장에 있었기" 때문에 세상에 단 하나밖에 없는 소중한 물건이 된다. 내가 첫 승을 올린 경기에서 사용하던 테니스채는 제아무리 모양이 똑같다 해도 절대 다른 것으로는 대체할 수 없는 것이다.

반성 및 자신과의 대화 : 하루도 빼먹지 않고 일기를 쓰는 사람들은 일기가 자신을 아는 데 얼마나 도움이 되는지 잘 알 것이다. 심오한 고민을 자극하는 사진, 명상으로 인도하는 MP3 플레이어, 보들보들한 털로 따뜻함을 전하는 봉제 인형도 반성과 성찰의 시간으로 우리를 초대한다. 유명한 일기장 "키티"에게 온갖 고민을 털어놓았던 안네 프랑크처럼 많은 사람들이 물건을 상상의 동반자로 삼아 비밀을 털어놓고 의논을 하고 역경을 견뎌낼 힘을 얻는다. 이런 소위 의인화에는 인형이나 포스터처럼 사람의 얼굴을 닮은 물건이나 부적처럼 마법의 힘이 있다고 믿어지는 물건, 자동차나 컴퓨터처럼 살아 있는 것 같은 물건이 특히 적합하다. 물건은 사람과 달리 절대로 비판과 반박을 하지 않는다는 매력도 있다.

이렇게 사물의 가장 중요한 몇 가지 기능들을 꼽아보았다. 물론 이것 말고도 다양한 기능들이 많다. 사람마다 어떤 물건이 중요한 이유가 다 다른 법이니까 말이다. 더구나 한 가지 물건이 꼭 한 가지 기능만 수행하란 법은 없다. 여러 가지 목적의 수단이 되는 물건들도 많다. 예를 들어 책은 재미와 자극을 주기에 도구적 가능을 수행하지만 동시에 내 인생의 중요한 한때나 내게 그 책을 선물한 친구를 떠올려준다. 하버마스는 물건의 주인을 충족시키는 기능이 많은 물건일수록 주인에게 더 많은 의미가 있다고 주장하였다. 중요한 보물일수록 다기능제품이라는 말이다.

물론 모든 양말, 모든 숟가락이 심리적으로 중요한 것은 아니다. 우리 집에는 어느 결에 없어져도 아무도 눈치 못챌 물건들이 엄청나게 많다. 그렇지만 우리의 정체성과 자의식의 일부를 구성하는 물건들도 적지 않다. 그런 확실한 기준점은 우리가 누구인지, 누구였으며 누가 되고 싶은지를 이해하는 데 도움을 준다. 물건마다 나름의 스토리가 있다. 우리는 그것을 구입하였거나 선물 받았거나 직접 만들었다. 그것들은 우리의 스타일, 우리 인생관의 표현이며 우리의 활동 반경을 넓히고 독창적인 생각을 자극하며 우리의 현재를 미래 및 과거와 묶어준다. 나아가 마력을 지닌 "의미의 짐꾼"답게 의식으로는 다가갈 수 없는 보다 심오한 인생의 측면들을 깨닫게 해준다.

물건이 갖는 심리적 의미는 결코 서구 소비사회만의 현상은 아니다. 세계 곳곳에서 사람들은 물건을 통해 스스로를 정의한다. 또 특정 연령층에만 국한된 현상이 아니다. 사물과의 관계는 일찍 시작되어 일생 동안 지속된다. 그 관계가 어떻게 탄생하는지, 탄생에서 죽음까지 어떻게 발전하는지가 다음 3장에서 이야기할 주제이다.

3장

어렸을 때의 사물의 의미:

진짜 안심담요와 디지털 안심담요

2010년 여름, 사물과 인간의 관계가 어떻게, 언제 시작되는지를 보여주는 멋진 영화 한 편이 탄생하였다. 프랑스 감독 토마 발메스Thomas Balmes의 〈아기들〉은 각기 다른 대륙에 살고 있는 돌이 안 된 신생아 4명의 이야기이다. 이 어린 꼬마들이 젖을 먹고, 이유식을 먹고, 기는 법을 배우고, 형제자매나 가축들과 놀고, 부모의 보살핌을 받는다. 영화는 이렇듯 아기들의 다양한 측면을 조명하지만 그중에서도 특히 눈에 띄는 점이 있다. 아이들의 일상에서 물건이 매우 중요한 역할을 한다는 것이다.

영화가 시작되면 나미비아 유목민 가족의 막내 포니자오가 형이랑

흙집의 먼지 많은 방바닥에 앉아 있다. 형은 어른들이 하는 대로 돌 사이에 흙덩어리를 넣고 돌을 비빈다. 몸에 바르는 붉은색 염료를 만드는 전통 방식이다. 포니자오는 눈을 휘둥그레 뜨고 그 모습을 지켜보다가 형이 하는 대로 따라한다. 잠시 후 심심해진 포니자오가 옆에 놓인 빈 플라스틱 병을 집어든다. 형이 그걸 보고 병을 빼앗는다. 포니자오는 저항하다가 목이 터져라 울음을 터트린다. 물건이 매력적일수록 다른 아이들의 관심도 그만큼 높다는 사실을 배우는 과정이다. 형제의 다툼은 어머니가 끼어들어 포니자오를 부르자 겨우 끝이 난다.

도쿄에 사는 열정적인 아기, 마리 역시 물질세계의 도전에 직면한다. 산더미처럼 쌓인 장난감 틈에서 이 꼬마 일본 아가씨가 나무 막대기를 크기가 맞는 구멍에 집어넣으려고 끙끙대고 있다. 결과는 그리 나쁘지 않다. 구멍에 막대기를 집어넣는 데 성공한 것이다. 그런데 그만 실수로 장난감을 떨어뜨리고 만다. 꼬마 아가씨는 과장된 몸짓으로 넘어지더니 악을 쓰면서 이리저리 굴러다닌다. 하지만 아무도 위로해주는 사람이 없자 이내 울음을 그치고 재도전을 시작한다. 이번에도 재도전의 노력은 실패로 돌아가고 아기는 엎드려 울음을 터트린다. 그렇게 마리는 4~5번 같은 행동을 반복한다.

몽골 유목민의 아들, 바야르자르갈은 활동적인 아기이다. 광활한 스텝(중위도 지방에 펼쳐져 있는 온대초원)에서 사는 뺨이 빨갛고 포동포동한 아기는 놀란 표정으로 두루마리 휴지 한 롤을 풀어헤친다. 그의 눈이 반짝반짝 빛이 난다. 하얀 종이가 끝없이 길어지는 것이 도저히 믿기지 않는 모양이다. 샌프란시스코의 하티 역시 물건의 세상에 푹 빠져 있다. 요람 위에 걸린 모빌의 알록달록한 모형들을 홀린 듯 만지거나 아기 그네에 올라 고무공처럼 뛰며 즐거워 소리를 지르는 아기에게선 순수한 기쁨이 뿜어져 나온다.

영화를 찍는 동안 감독이 사물과 인간의 관계를 연구한 실험결과들을 염두에 두었을 리는 없다. 그럼에도 영화는 사물과의 관계가 배제된 유년기를 도저히 상상할 수 없는 현실을 매우 인상적인 방법으로 보여준다. 아프리카 원시민족의 아이이건 샌프란시스코나 도쿄 같은 대도시에서 태어났건 그건 중요하지 않다. 사물의 중요성은 그 어떤 연령대보다 특히 유년기에서 더 두드러진다. 사물이 자아감과 자율성, 상상력과 사회관계의 발전을 촉진하기 때문이다. 장난감과 물건들은 아이들의 마음을 매혹하고 재미와 안정을 줄 수 있으며, 아이를 불안하게 만들거나 화나게 하는 스파링 파트너가 될 수도 있다. 아이들은 물건을 통해 자신의 가능성과 재능을 탐색하고 문화를 익히며, 함께 나누고 갈등을 참아야 하는 사회적 필요성을 배운다.

예비 닻,
곰돌이 인형

아이들에게 미치는 물질적 대상의 특별한 영향력을 이해하기 위해서는 인성 및 정체성 발달 이론을 잠시 살펴보는 것이 큰 도움이 될 듯하다. 1950년 독일 태생의 미국 정신분석학자 에릭 에릭슨^{Erik} Erikson은 인간의 발달을 설명하는 8단계 모델을 발표하였다. "심리사회 적 발달의 단계모델"이라는 약간 고루한 이름으로 알려진 그의 이론은 지금까지도 발달심리학에서 매우 영향력 있는 이론으로 손꼽힌다. 에 릭슨에 따르면 인간은 일평생 8단계의 과정을 거친다. 그리고 각 단계 마다 개인의 욕망과 주변 환경의 요구가 충돌하면서 발생하는 특수한 위기를 겪게 된다. 이런 갈등의 극복이야말로 발전의 과제라고 에릭슨 은 말한다. 갈등을 긍정적으로 극복할 수 있으면 개인은 성장하지만 갈 등이 부정적으로 해결되는 경우 문제의 씨앗이 된다. 아래의 도표는 간 략하게 요약한 에릭슨의 모델이다. 연령은 기준치로만 보면 된다.

단계	연령	위기
신생아	1세	신뢰감 ⇨ 불신감
영아	2~3세	자율성 ⇨ 자기 의심
유아	4~6세	주도성 ⇨ 죄책감
아동	7~12세	근면성 ⇨ 열등감
청소년	12~20세	자아정체감 ⇨ 역할 혼돈
청년	20~34세	친밀감 ⇨ 고립감
중년	35~65세	생산성 ⇨ 침체감
노년	65세부터	자아통합 ⇨ 절망감

내가 아는 한 에릭슨은 사물에 대한 관심을 겉으로 드러낸 적이 없었다. 그럼에도 그의 모델은 인간과 사물의 관계가 나이가 들면서 어떻게 변하는지 많은 것을 말해준다. 실제로 에릭슨이 설명한 연령별 발전 단계와, 위기가 사물과의 관계에도 영향을 미친다는 사실은 다른 연구결과를 통해서도 이미 입증된 바 있다. 그러니까 사물이 한 인간에게서 어떤 기능을 하는지는 대부분 그 사람의 인생 단계에 달린 것이다.

아동의 경우 이런 관계가 특히 명확하게 드러난다. 위의 도표에서도 알 수 있듯 에릭슨은 유년기를 4단계로 나누었고, 각 단계마다 해결해야 하는 과제가 있다. 그런데 이 과제를 수행할 때 물질적 대상이 반드시 필요하다. 예를 들어 신생아는 부모에 대한 신뢰감을 쌓아야 하지만 동시에 자신이 독립적인 생명체라는 사실을 배워야 한다. 이때 사물은 "나"와 "주변 환경"의 차이를 이해하는 데 도움을 준다. 물건은 구체성과 안전성을 통해 아기에게 유익한 실질적 피드백을 제공한다. 즉 세상의 참모습을 파악하도록 도와주는 것이다. 목마를 흔들어보고 모빌을 만지고 유리잔을 밀어 깨트리면서 아기는 세상을 배우게 된다. 그런 매력적인 작용을 일으킬 수 있는 존재가 있으며, 그 존재가 바로 '나'라는 사실을 말이다.

영아기의 중점은 자율성의 획득과 자기 의지의 발견에 있다. 2~3세 아기의 기본 질문은 "내가 혼자 할 수 있을까? 남의 도움을 받아야 할까?"이다. 이 단계에서 물건은 두 가지 중요한 기능을 담당한다. 첫째, 아이가 자기 의지의 관철 여부를 테스트하는 수단이 된다. 아이가 아침마다 자기가 고른 옷을 입겠다고 우긴다. 아빠가 원하는 장난감을 사주지 않겠다고 하면 사달라고 떼를 쓴다. 둘째, 사물은 아이를 보호하는 기능을 맡는다. 놀이터에서 엄마가 안 보이는 곳까지 가거나 엄마와 떨어져 어린이집에서 지낼 때 겁이 난다. 이럴 때 곰돌이 인형이나 아끼는 담요가 곁에 있으면 두려움을 쉽게 이겨낼 수 있다.

이렇게 우리가 그 부드럽고 보들보들한 물건의 보호 기능에 대해 잘 알게 된 데에는 소아과 의사이자 정신분석학자였던 도널드 위니코트의 공이 크다. 1896년 영국의 플리머스에서 상인의 막내아들로 태어난 그는 유복한 집안 덕분에 경제적 어려움은 겪지 않았지만 늘 우울한 어머니를 기쁘게 해드려야 한다는 강박관념에 시달렸다. 어쩌면 그가 훗날 아이들을 유심히 관찰하게 된 것도 다 그런 아픈 경험 때문이었을지 모른다.

소아과 의사로 40년 동안 근무하면서 그는 6만 명이 넘는 아이들을 진료하였다. 그런데 많은 아이들이 담요나 인형, 옷 같은 부드러운 물건을 항상 들고 다닌다는 사실을 깨닫게 되었다. 특히 힘든 시기나 잠들기 전, 혼자 있어야 하거나 낯선 환경에 처했을 때 그 물건들은 예비 닻처럼 아이들이 두려움과 외로움을 이겨내는 데 큰 도움을 주었다. 심지어 그런 물건을 생존의 필수품으로 여기는 것 같은 아이들도 많았다. 그 물건이 없어지거나 조금만 달라져도 —예를 들어 너무 더러워 엄마가 빨았다면— 몇 시간 동안 아무리 달래도 진정이 되지 않았다.

그런 관찰을 근거로 위니코트는 이행대상^{transitional object}이라는 개념을 만들었고, 이 개념은 아동심리학과 발달심리학에서 큰 의미를 획득하였다. 이행대상은 어머니 및 기타 보호자를 대신하므로 어머니가 부재해도 어머니와의 접촉을 유지시킨다. 나아가 보호자와 달리 마음대로 눌러 찌부러뜨리거나 함부로 다룰 수 있고 상상력과 권력의 욕망을 마음껏 발산할 수 있다. 또 물건은 부모나 베이비시터와 달리 불평을 할 줄 모른다. 아이들은 그런 물건에 생명이 있다고 믿기에 대화를 나누고 이름을 붙여준다.

경험 연구의 결과들을 보면 이행대상이 얼마나 보편적인지 잘 알 수 있다. 서구 국가들의 경우 50~80퍼센트의 아이들이 성별에 관계없이 보들보들한 물건과 긴밀한 관계를 맺는다. 하지만 문화적 요인도 강하게 작용하는 듯하다. 한국, 인도, 이스라엘, 가봉, 터키 등의 국가들에선 이행대상이 큰 역할을 하지 못한다. 서구 지향적인 가정에서만 나타나는 현상이다. 어쨌든 안심담요나 봉제 인형을 향한 애정은 일찍부터 시작되어 2세가 되면서 최고조에 이르고 4~5세 무렵이 되면 서서히 내리막길을 걷는다. 그러다가 7세가 되면 대부분의 아이들이 물건에 대한 애착을 극복한다.

따라서 유치원과 초등학교에 들어가면서 물건에 대한 극단적인 집착도 서서히 사라진다. 아이들은 아끼는 곰 인형이 사라져도 발버둥을 치며 울지 않고, 장난감을 선선히 친구에게 빌려준다. 물론 이 성장 단계에서도 물건은 정체성과 자의식의 발전에 중요한 수단이 된다.

유치원에 들어가면 "만들기"와 상상력, 친구와의 놀이가 생활의 큰 비중을 차지한다. 독립심이 증가하면서 다양한 활동 가능성이 열린다. 레슬링을 하고 의자로 탑을 쌓고 엄마 옷으로 패션쇼를 벌인다. 모든 활동에 흥미를 보이고 무엇이든 할 수 있을 것 같다. 이 단계에서 물건은 다른 세계로 발을 들여놓거나 각종 작품을 만드는 재료가 되지만 다른 한 편으로 경계를 테스트하는 도구가 되기도 한다. 어린 시절 친구들과 어울려 "구슬 멀리 던지기"를 하다가 옆집 자동차 유리창을 깨뜨렸을 때 분통을 터트리던 그 옆집 아저씨의 표정을 나는 지금도 잊지 못한다.

초등학교에 들어가면 이제 모든 관심은 더 복잡한 능력을 익히고 자신의 재능을 키우는 데로 쏠린다. 이 나이 때의 아이들은 무조건 놀려고만 하지 않는다. 어서 자라고 싶은 듯 어른의 세상에 참여하고 끼고 싶어 한다. 연이나 크리스마스 트리, 케이크 등 무엇이든 만들어보려 하고 피아노나 테니스 등 새로운 능력을 익히려 한다. 제대로 하려고 하고, 잘하는 것이 중요하다고 생각하기 때문에 열심히 노력할 자세가 되어 있다. 초등학생들에게 뭐가 제일 중요한 물건이냐고 물어보면 아마 스포츠용품이나 악기, 전자기기 등을 들 것이다. 플루트를 불고 자전거를 타고 컴퓨터를 사용하면서 그들은 능력의 감정, 에릭슨이 말한 근면성을 키운다.

아동과 사물의 관계에서 공통분모가 있다면 다름 아닌 통제이다. "나는 사물을 통제한다. 고로 나는 존재한다." 아동의 경험은 이런 공식으로 요약할 수 있다. 엄마의 기분도, 놀이터에서 놀 수 있는 시간도, 병원에 가는 횟수도 아이들은 스스로 결정할 수 없다. 그렇지만 장난감만은 내 마음대로 할 수 있다. 사물 심리학의 개척자로 손꼽히는 미국 심리학자 리타 퍼비$^{Lita Furby}$는 자아 발달과 대상 통제의 관계에 대한 완벽한 이론을 발전시켰다. "아이들이 자신의 물건에 대해 행사하는 통제력은 자신의 신체에 대한 통제력 못지않게 크다." 때문에 사물은 아동 발달의 도우미가 될 수 있으며 "자아상에 수용된다." 자신이 사물을 통제할 수 있다는 사실을 배움으로써 개성의 감각이 성장하는 것이다.

경험 연구의 결과를 보면 6세가 되면 이미 장난감이나 옷, 기타 다른 물건들을 자아의 일부로 이해한다. 프리링거의 "양파 연구"에 의거한 미국의 한 실험에서 6세에서 16세 사이의 120명 아동에게 자아상에 대해 질문하였더니 연령을 불문하고 —가장 어린 아이들까지도— 물건을 "환경"이 아니라 자기 인성의 일부라고 대답했다. 사물과의 동일시는 더 이전부터 시작되는 것 같다. 다른 실험에서 3세 아동들에게 자신을 설명해보라고 부탁했더니 장난감이 아이들의 자아상에서 큰 역할을 하는 것으로 밝혀졌다. 예를 들어 아이들은 자신을 "인형을 가진 아이"로

정의하였고 "내 자전거는 절대 버리지 않을 거예요"라고 강조하였다. 성과 나이, 인간관계를 언급한 빈도보다 그런 소유물과 관련된 설명의 빈도가 오히려 더 높을 정도였다.

월리엄 제임스의 설명대로 성인이 된 우리조차 소유물과 자신을 동일시하고 "나"와 "내 것"을 구분하지 못하는 마당이니 아이들이야 더 말해 무엇하겠는가. 어린 시절의 기억을 더듬다보면 물건이 큰 역할을 한 장면들이 수없이 떠오를 것이다. 어떤 이는 소풍 가서 보물을 찾던 기억을 떠올릴 것이고, 또 어떤 이는 가구나 커튼이 살아 움직이는 것 같던 순간이 생각날 것이며, 아끼던 장난감을 잃어버려 절망하던 순간이 떠오를 사람도 있을 것이다. 어쩌면 성인인 우리가 자동차와 책과 옷에 집착하는 이유도 알고보면 한때 우리에게 세상을 가르쳐준 것이 그런 물건들이었기 때문일지 모른다. 우리가 물건에 집착하는 이유도 어린 시절 들었던 음악이나 맡았던 냄새에 무의식적으로 끌리듯 그것들이 우리에게 생명의 시작에 대한 기억을 일깨워주기 때문일지 모를 일이다.

청소년기:

정체성을 찾다

19세의 마르가는 오토바이 광이다. "크롬 재질에 동그란 라이트가 달린 검은색 구찌인데, 보자마자 첫눈에 반해버렸죠." 그녀는 속도광은 아니다. "그렇지만 달릴 때 얼굴에 와 닿는 바람과 공기는 정말 최고다.” 그래서 제힘으로 벌어 오토바이를 장만했고 엄마의 결사 반대를 무릅쓰고 뜻을 관철시켰다. 엄마는 딸이 대학을 졸업하면 소형차 한 대를 사줄 생각이었다. 여자아이가 오토바이라니, 말도 안 된다고 생각했다. 그러나 마르가는 오토바이를 선택했고, “정말 창의적인 또라이 바이크 광팬”이 되기로 결심했다. 마르가는 오토바이에게 그레고리라는 이름을 지어주었다. 러시아 작가들을 워낙 좋아하는데다 그 이름이 멋지다고 생각해서다. 그리고 그레고리와 많은 이야기를 나눈다. 오토바이는 그녀의 자존심이다. “바이크 클럽 모임에 갈 때마다 생각하지요. ‘내 오토바이야.’ 그럴 때마다 정말 이루 말할 수 없이 흐뭇하답니다.”

마르가와의 인터뷰는 프랑크푸르트 대학교의 틸만 하버마스가 실시한 실험의 일부이다. 그는 젊은이들과 물건의 관계를 집중 연구하였다. 몇 년 전 대학 1학년생 338명을 대상으로 개인적으로 가장 중요한 물건들을 설문조사했는데 그중에 오토바이에 미친 마르가도 끼어 있었던 것이다. 다른 학자들도 성인으로 가는 문턱에 선 우리의 청소년들에게 물건이 어떤 의미를 갖는지 조사하였다. 예상대로 사물은 청소년기에도 아동기 못지않게 성장에 도움을 준다. 사물과의 관계는 변했지만 관계의 밀도는 예전 못지않은 것이다.

대부분의 10대들은 “간지 나는” 패션과 스포츠용품, 전자 기기를 극도로 중요시한다. 어른들 눈엔 다 똑같아 보이지만 그 미미한 뉘앙스 차이에 목숨을 건다. 그런데 또 그 뉘앙스란 것이 빛의 속도로 변한다. 오늘은 완전 핫한 청바지가 내일이 되면 선사시대 유물로 전락한다. 엄청나게 많은 돈을 주고 사줬건만 제대로 걸쳐보지도 않고 의류수집함으로 들어가는 아이들의 옷 때문에 부모는 화가 치밀어 오른다. 많은 십대들이 아르바이트까지 해가면서 돈을 버는 이유도 부모의 눈치를 보지 않고 사고 싶은 것을 사겠다는 생각 때문이다.

요즘의 십대들은 특히 물질적이라는 비난을 많이 받는다. 하지만 과거 세대도 요즘 못지않게 특정 물건에 열광했다. 1950년대엔 나팔바지와 페티코트, 헬리오도르 판이 유행이었다. 내가 청소년기를 보냈던 1980년대엔 코듀로이 바지, 운동화, PC가 청소년들이 꼭 갖고 싶은 품목이었다. 요즘엔 아이폰과 스타들이 입는 옷, 스케이트보드, 킥보드가 있어야 유행 대열에 낄 수 있다.

에릭슨에 따르면 청소년기 ―그는 청소년기를 12세에서 20세로 정의하였지만 그 이상까지도 계속될 수 있다―의 주요 임무는 자신의 정체성을 정의하고 완성하는 것이다. 나는 누구인가? 이것이 모든 것을 압도하는 질문이다. 그래서 다양한 역할을 시험하고 패션과 소속 집단, 정치적 견해, 직업 계획을 팬티 갈아입듯 바꿔 치운다. 갑자기 친구들의 생각이 엄청 중요해진다. 또래집단이 중심이 되면서 부모님 말씀은 들을 가치도 없는 헛소리가 된다.

이렇듯 정체성을 찾는 과정에서 청소년들은 다양한 방식으로 소유물을 활용한다. 여러 연구결과를 통해 어떤 방식들이 있는지 살펴보기로 하자.

자율성과 경계 체험 : 청소년기에는 독립심을 키우고자 하며 모험과 강렬한 감관인상(마음에 남는 느낌과 인상)을 찾는다. 특히 남자아이들이 그렇지만 마르가 같은 여자아이들 역시 자신의 신체적, 정서적, 인지적 능력의 한계를 시험해보고자 한다. 차량(자동차, 오토바이)과 스포츠용품(스노보드, 서핑보드, 산악용 자전거)은 그런 용도에 딱 맞는 물건이기에 인기품목이다. "나는 무엇을 할 수 있을까? 무엇이 가능할까?" 이 질문에 대한 대답을 찾다보면 자신이 누구인지 알게 될 테니까 말이다.

사회적 소속감 : 청소년들은 다른 연령대보다 더 물건을 통해 특정 집단의 소속을 표현한다. 특히 아직 자아상이 확립되지 않은 어린 청소년들의 경우 집단을 상징하는 물건에 강한 애착을 보인다. 특정한 휴대전화나 특정 상표의 청바지처럼 한 집단의 문화에 속하는 물건을 소유하면 "나도 한패"라는 기분과 집단에게 인정받았다는 안도감을 느낄 수 있다. 이는 한창 커가는 자의식에도 유익한 영향을 미친다.

자기과시 : 아이들은 해가 갈수록 개성의 표현에 관심을 보인다. 그러나 아직 정체성이 확립된 상태가 아니므로 자아상을 비춰주는 "외부의" 거울에 의존한다. 바로 이때 다양한 물건이 그 거울 역할을 한다. 독특한 장신구, 남다른 액세서리를 이용해 자신이 남다르다는 것을 주변 사람들과 자기 자신에게 보여주려 한다.

자기성찰 : 아이들은 자기 자신에 대해 거의 생각을 하지 않는다. 하지만 청소년기에 접어들면 한 걸음 뒤로 물러나 바깥에서 자신을 바라볼 수 있는 능력이 생긴다. 이렇게 자문하는 것이다. 지금 이 기분은 뭐지? 내 약점과 장점은 뭘까? 나는 어디서 와서 어디로 가는 걸까? 친구들을 상대로 그런 질문을 던지기도 하지만 "물질적 대화상대"에게도 고민을 털어놓는다. 팝스타의 브로마이드, 봉제 인형, 마스코트, 일기장, 그리고 마르가가 그랬듯 오토바이도 대화의 상대가 될 수 있다.

감정 조절 : 자신의 경험과 미래의 꿈, 타인들의 기대를 하나로 통합하여 정체성을 만들어나가는 일은 힘들고 혼란스러운 일이다. 그러다 보니 십대들의 감정은 롤러코스터를 탄다. 이때 음악이 유익한 동반자가 될 수 있다. 그래서 예전에는 오디오와 워크맨이 아끼는 물건 리스트에서 상단을 차지했지만 요즘엔 아이패드와 MP3 플레이어가 그 자리를 대신한다. 이런 음악 장치들이 넘치는 감정을 조절하거나 우울한 기분을 떨쳐버리는 데 큰 도움이 될 수 있다. 예를 들어 하버마스의 실험에 참가했던 20세의 대학생 하인리히는 기타를 가장 소중한 물건으로 꼽았다. 기타를 치고 있으면 마음이 편안해지고 세상만사를 잊을 수 있다고 했다. 세상이 나를 버렸다는 기분이 들 때에도 기타를 치면 위로가 되고 마음이 푸근해진다고 했다.

요즘 청소년들의 인기품목으로 단연 휴대전화가 압도적이다. 휴대전화를 뺀 십대의 삶은 상상이 불가능할 정도이다. 독일의 경우 청소년의 95퍼센트가 휴대전화를 갖고 있다. 휴대전화에 대한 열광은 사회적 경계와 성별의 경계를 뛰어넘는다.

2011년 5월 미국 워싱턴 주에 살던 15세의 한 소녀가 신문 1면을 장식했다. 아버지가 휴대전화를 뺏었다고 아버지에게 화살을 쏘아 중상을 입힌 것이다. 더 기가 막힌 것은 딸이 집 전화를 못 쓰게 하는 바람에 화살에 맞은 35세의 아버지가 도움을 청하려고 자동차를 타고 0.5킬로미터 떨어진 이웃집까지 운전을 했다는 사실이다. 헬리콥터로 긴급 수송된 아버지는 응급수술을 받고서야 겨우 몸에 박힌 화살을 제거했다. 경찰은 소녀를 집 뒤편 숲 속에서 발견하여 체포했다.

물론 모든 십대들이 휴대전화를 빼앗겼다고 해서 그런 극단적인 사건을 일으키지는 않을 것이다. 그러나 살인 충동을 느낀 경우는 적지 않을 것이다. 몇 년 전 학자들이 102명의 청소년들에게 이틀 동안 휴대전화 없이 사는 실험을 실시할 예정인데 참가하겠느냐고 물었다. 실험에 응한 숫자는 82명이었는데 끝까지 성공한 숫자는 12명에 불과했다. 겨우 48시간인데도 휴대전화 없이는 살 수가 없었던 것이다.

휴대전화는 소통의 수단이요 신분의 상징이며, 멀티미디어스테이션이다. 또한 집단 참여의 필수 기본 조건이다. 요즘 세상엔 언제나 연락이 될 수 있어야 한다. 안 그러면 정보의 물결에서 밀려나가 아웃사이더가 될지도 모른다. 모델, 기종, 앱, 벨소리가 인기 있는 토론 주제이다. 저장된 전화번호 숫자와 통화, 문자, 메일 횟수가 인기의 척도이기도 하다. 휴대전화는 단순한 통화의 도구가 아니다. 그것으로 음악도 듣고 게임도 하고 사진과 동영상을 찍어 전송할 수도 있다.

휴대전화는 보들보들한 안심담요가 아니다. 그럼에도 심리학자들은 휴대전화를 신종 "이행대상"으로, 청소년을 위한 디지털 안심담요로 해석한다. 청소년기에도 물질적 대상이 부모와의 분리를 돕는다는 주장은 더 이상 새로운 학설이 아니다. 그렇지만 휴대전화가 등장하면서 물질적 대상의 중요성은 더욱 부각되고 있다.

요즘 젊은이들이 세계를 정복한다면 아마 수시로 휴대전화를 꺼내 엄마 아빠에게 상황을 보고할 것이다. 설문조사를 해보니 요즘 젊은이들은 친구들과 놀고 있건 학교 가는 길이건 부모님에게 규칙적으로 전화를 건다. 물론 좋은 점이 있다. 부모님의 걱정을 덜어줄 수 있고 수학여행이나 연수 등으로 장기간 떨어져 있을 때에도 부모님과 계속 접촉을 할 수 있다. 부모들은 언제라도 아들, 딸의 안부를 확인할 수 있고, 너무 늦게 귀가한다 싶으면 언제든지 집으로 불러들일 수 있다. 이처럼 원격 감시를 할 수 있으니 오히려 자녀들에게 더 많은 자유를 허용하는 부모님들도 생겨난다.

직장을 구하거나 다른 도시로 대학을 가는 등의 이유로 집을 떠나 있어도 휴대전화 덕분에 쉽게 부모님과 연락을 취할 수 있다. 특히 아는

사람 하나 없는 낯선 환경에서는 엄마 아빠의 친숙한 목소리가 큰 위안
이 될 것이다.

　하지만 과유불급이라고 했던가. 문제는 늘 넘치는 데에서 발생한다.
사소한 일에도 부모님 전화번호부터 누르는 젊은이들이 적지 않다. 학
교 기숙사에서 싸움을 했다고, 수도꼭지에 물이 샌다고, 세금 신고를
해야 한다고 부모님에게 전화를 건다. 그러면 부모들이 자녀의 문제를
해결해주겠다고 팔을 걷어붙이고 달려온다. 요즘 대학교수들은 학생의
부모들까지 상대해야 한다. 자기 자식 성적이 못 나왔다고, 시험 시간
을 바꿀 수 없냐고 부모가 교수에게 전화를 걸어댄다. 미국에서 대학 신
입생들을 대상으로 설문조사를 했더니 일주일에 평균 10.4회 부모님과
통화를 한다고 대답했다. 매일 1~2번은 통화를 한다는 이야기다. 심지
어 응답자의 3분의 1은 통화횟수를 더 늘렸으면 좋겠다고 대답했다. 이
런 현상에 따르는 결과가 없을 리 없다. 일주일에 3번 이상 부모와 통화
를 하는 대학생들은 그렇지 않은 학생들에 비해 자율성 및 정서적 독립
성 테스트에서 낮은 점수를 받았다. 그래서 심리학자들과 교육학자들
은 휴대전화를 젊은이들의 건강한 독립을 지체시키는 "가상의 탯줄"이
라 부른다.

물건은 다양한 방식으로 어린이와 십대들의 성장과 발달을 촉진한다. 하지만 휴대전화의 사례에서도 알 수 있듯 너무 과하면 해가 된다. 영화 〈아기들〉에는 이런 장면이 나온다. 도쿄에 사는 마리가 유모차를 타고 장난감 가게로 들어간다. 판매대마다 장난감이 넘쳐나는 대형 장난감 가게이다. 아기는 시선을 어디에 두어야 할지 몰라 어리둥절한 표정이다. 눈은 휘둥그레지고 입은 헤 벌어졌다. 그녀의 놀란 표정은 감각의 홍수와 지나친 요구의 결과로밖에는 볼 수 없다. 그에 비한다면 나미비아에 사는 포니자오와 몽골에 사는 바야르자르갈은 장난감도 거의 없고 집 안에 물건도 아주 적은, 한눈에 다 들어오는 쾌적한 세상에서 자라는 것 같다.

물론 감독이 보여주려한 물질적 산업 사회와 미개발국의 전원적, 자연적 삶의 대비는 현실을 너무 단순화시킨 면이 없지 않다. 아프리카와 아시아 지역의 가난과 부족한 의료 시설, 열악한 학교가 바람직하다는 말은 절대 아니다. 하지만 이런 질문이 치밀어 오르는 것은 어쩔 수 없다. 일본이나 독일 같은 소위 선진국 아이들의 삶에서 물질이 너무 많은 자리를 차지하고 있는 것은 아닐까? 행복하고 만족스러운 삶을 사는 데 과연 얼마나 많은 물건이 필요할까? 많은 학자들이 이 문제를 연구하였다. 그들의 인식결과에 대해서는 뒷장에서 살펴보기로 하자. 우선은 매력적인 책 한 권을 여러분에게 소개하고 싶으니 말이다.

4장

어른이 되어서도 사물은 중요하다:

사랑과 스포츠카

주변 사람들에게 이런 주제의 책을 쓰고 있다고 말하면 의외로 적극적인 반응이 돌아온다. 갑자기 모두가 협력자로 돌변하는 것이다. 자기 경험담을 털어놓는 사람도 있고 신문 기사를 오려서 들고 오는 사람도 있으며 이런 주제를 다룬 영화나 단체를 소개해주는 사람도 있다. 책을 쓰는 보람 중 하나가 바로 이런 것이다. 가까운 사람들에게서 여태껏 몰랐던 사실을 듣게 되고, 어쩌면 영원히 몰랐을 이야기들을 전해들을 수 있고, 흥미로운 책이나 매력적인 사람들을 소개받을 수 있으니 말이다.

몇 주 전 "사물의 심리학"을 주제로 책을 쓰고 있다는 내 이야기를 들

은 한 친구가 방금 전에 라디오에서 들은 책 서평을 일러주면서 내 프로
젝트에 매우 유익할 것 같다고 말했다. 저자의 이름은 기억이 안 나지만
경매품목을 근거로 실패한 사랑의 이야기를 지어보자는 소설의 아이디
어가 매력적이었다고 말이다. 친구의 말만 듣고는 무슨 책인지 구체적으
로 감이 오지 않았다. 더구나 우리의 대화는 이내 다른 주제로 넘어갔다.
그렇지만 대화가 끝나자 나는 그 책에 대한 정보를 수집하기 시작했다.

책은 인터넷에서 금방 찾았다. 아마존에 뜬 책 표지는 실제로 경매 카
탈로그 같았다. 두 마리 푸들 인형의 사진 위로 "레노어 둘란과 할 모리
스의 개인 소장품과 중요한 공예품Important Artifacts and Personal Property from the
Collection of Lenore Doolan and Harold Morris, Including Books, Street Fashion, and Jewelry "이라
는 긴 제목이 쓰여 있고 그 밑으로 경매의 장소와 시간까지 추가해놓았
다. 그 책은 토요일에 내 우편함에 도착했고 나는 토요일 오후를 그 책
과 함께 즐겁게 보냈다. 그리고 그날 이후 그 책은 나의 애장서 목록에
당당히 한자리를 차지하게 되었다.

친구의 설명은 상당히 정확했다. 책은 경매품목을 근거로 실패한
(허구적) 사랑의 이야기를 들려준다. 약 130페이지에 걸쳐, 각양각색
의 물건을 찍은 사진이 실려 있다. 옷, 포스터, 책, 주방용품, 사진, 메
모……. 〈뉴욕타임스〉에 케이크에 대한 칼럼을 쓰는 26세의 여기자 레
노어와 프리랜서 사진작가 할 모리스의 연애가 남긴 추억의 물건들이
다. 놀라운 점은 스토리가 매우 상세하고 다층적이라는 사실이다. 독자
는 두 주인공이 할로윈 파티에서 만났고 어떻게 서로를 향해 다가갔으

며, 어떻게 함께 살기 시작했는지, 두 사람의 관계가 어떤 변곡점을 거쳤고, 왜 4년 후 두 사람이 헤어졌는지 자세히 알 수 있다. 그런데 특이하게도 책에 실린 사진은 물건 사진들뿐이다. 사진 설명조차 경매 카탈로그에서 흔히 사용되는 건조한 말투이다.

저자인 린 섀프턴은 이 책을 물질적인 "사랑의 잔재"에 대한 성찰로 해석한다. 한 미국 신문사와의 인터뷰에서 그녀는 이렇게 말했다. "사랑이 배어 있는 것, 완전히 무의미한 사물에게 우리가 부여한 의미를 다루었습니다." 하지만 책에 실린 사진들은 실제 경매였다면 아무도 사지 않았을 물건들뿐이다. 낡은 영화표, 밸런타인데이에 집에서 함께 저녁을 먹으려고 손으로 그린 메뉴판, 여권 사진 기계에서 뽑은 이상하게 나온 사진들, 사랑의 고백이 적힌 찢어진 쪽지……. 돈으로 따져서는 아무 가치도 없는, 스토리 뒤에 숨은 두 사람에게만 가치 있을 물건들이다. 그럼에도 섀프턴이 추적하는 보다 심오한 질문은 우리 모두의 관심을 끈다. 물건을 점령했던 사랑이 사라지고 나면 무엇이 남을까? 그 물건의 주인은 어떤 기분이 들까? 어떤 물건은 얼른 없애버리고 어떤 물건은 다른 사람과 연애를 하면서도 없앨 수가 없을까? 저자는 말한다. 물건이 정신에게, 과거의 정신에게 점령당할 수 있다는 생각에 매료당했다고 말이다. "생명 없는 물건 속에 수많은 이야기가 숨어 있다는 생각과 그 가치를 즐기고 싶었습니다."

섀프턴은 멋지게 성공했다. 그녀가 선별한 물건들은 그 어떤 소설보다도 생생하게 사랑했던 연인과 그들의 관계를 불러낸다. 사랑이 시작

될 시점, 두 사람은 완전히 서로에게 빠진 듯하다. 할이 사진을 찍기 위해 전 세계를 돌아다니며 여자친구에게 보낸 수많은 엽서는 그 감정의 깊이를 입증한다. 레노어도 사랑에 흠뻑 빠진 여인이다. 서툰 솜씨로 그린 하트와 두 사람의 이니셜을 수놓은 수건의 사진이 소설의 한 페이지를 장식하고 있다. 커플룩을 입은 두 켤레의 나막신도 보인다. 할이 새 직장을 잡은 여자친구에게 축하의 뜻으로 "브라보 버터쿠키"라는 글자를 새겨 넣어 선물한 은제 케이크 서버, 레노어가 아무 생각 없이 중고가게에서 산 아기 옷…….

두 사람은 진지하게 행복한 관계를 향해 나아가고 있었다. 하지만 그러다 문득 중국 배달음식점의 메뉴판들이 눈에 들어온다. 항상 같은 음식에 표시가 되어 있다. 독자는 자문하게 된다. 사랑이 일상이 되어버렸나? 극장이나 레스토랑을 찾아다니던 과거와 달리 이제 매일 저녁 시간을 소파에서 뒹굴거리며 보내고 있나? 손잡이가 부러진 찻잔과 그 옆에 찍힌 레노어가 쓴 메모는 그 질문에 대한 대답이다. "할. 미안해. 당신이 제일 아끼는 찻잔이란 거 알아. 꼭 고쳐놓을게, 약속해." 지켜지지 않은 약속이다. 그는 그녀에게 예전 여자친구가 끼던 선글라스를 선물한다. 이런 무례한 행동에 대한 그의 사과 ("당신이 화났다면 미안해. 까맣게 잊어버렸어. 그녀보다 당신한테 더 잘 어울려.")를 그녀가 받아주었을 것이라는 생각은 들지 않는다. 커플 심리 치료 날짜를 표시한 레노어의 달력, 낯선 여자들과 함께 있는 할의 사진…… 이별의 표식은 늘어간다. 망치로 부순 것 같은 알람시계의 사진은 두 사람 사이에 충돌이 있었다는 증거이다. 인도 여행길에 오른 할의 독사진, 친구들과 함께 휴가를 간 레노어의 사진이 그 뒤를 잇는다. 그리고 마침내 독신자 아파트 광고가 실린 신문의 사진, 몇 개의 물건에 표시가 되어 있다.

가장 큰 보물:
사랑하는 사람들

에릭슨의 단계 모델을 보면 청년기의 과제는 타인과 생산적이고 지속적인 관계를 쌓는 것이다. "나는 사랑받고 있는가?" 이것이 가장 중요한 질문이다. 청소년기의 정체성 찾기는 이기적인 시간이다. 그러나 자아상이 확립되는 스무 살 무렵부터는 시야를 넓히고 사랑과 파트너 관계에 마음을 열게 된다. 물론 청소년들도 연애를 하지만 "성인의" 관계는 그것과 질이 다르다. 이제는 "진짜" 파트너를 찾아서 친밀한 관계를 형성하고 공동의 비전을 키우며 자신의 욕망이나 관점을 양보하고 타협할 줄도 알아야 한다.

따라서 사물과의 관계도 달라져야 마땅하다. 그래서 이들에게 가장 소중한 보물을 물어보면 사랑하는 사람과 관련된 물건을 꼽는다. 여자친구나 남자친구의 사진은 보기만 해도 미소가 떠오른다. 애인이 써준 엽서, 편지, 작은 메모지 하나가 황금보다 더 소중하다. 애인에게 줄 선물을 고르느라 시간 가는 줄을 모르고, 함께 간 여행에서 사온 기념품, 나란히 진열해놓은 두 사람의 파자마나 칫솔은 둘이 하나라는 물질적 표현이다.

단순한 연애관계를 넘어 동거를 하기로 결심한다면 이제 관계는 또 하나의 중요한 이정표에 도달하게 된다. 둘이 함께 사는 집은 둘의 관계가 심각하고 진지하다는 표식이기 때문이다. 지금의 남편 니코의 집으로 들어가던 그날의 흥분을 나는 아직도 생생히 기억할 수 있다. 같은 주소를 갖게 되었다는 기분은 가끔씩 밤을 함께 보내는 것과는 비교할 수도 없는 것이다. "나"는 갑자기 "우리"가 된다. 우리는 무슨 시, 무슨 동, 무슨 로에 함께 산다. 우리는 새 소파를 고르러 다닌다. 여행을 가서도 집에 둘 꽃병을, 양탄자를, 그림을 사온다. 레노어와 해롤드는 결국 이루지 못했지만 동거를 시작한 대부분의 연인들은 함께 사는 파트너가 내 인생의 파트너이기를, 적어도 오래오래 함께 할 수 있기를 바랄 것이다.

캘리포니아 주립대학교 심리학과 교수인 라우라 캠프너Laura Kamptner는 몇 년 전 다양한 연령대의 사람들을 대상으로 대규모 설문조사를 실시하여 아끼는 물건에 대한 입장의 변화를 연구하였다. 10세에서 89세까지 거의 600명에 이르는 사람들에게 질문을 던진 후 청소년들의 대답을 성년 초기의 대답과 비교해보니, 나의 관점에서 우리의 관점으로의 이행이 두드러졌다. 십대들이 특정 물건을 아끼는 이유는 대부분 자신과 관련된 측면 때문이었다. 재미있고 즐겁고 기분 전환이 되고 안전하기 때문이라고 대답한 것이다. 다른 사람과의 관계는 그다음 순위였다. 그런데 청년들은 순서가 뒤집혔다. 사랑하는 사람을 상기시키기 때문이라는 대답이 1순위였고, 그다음이 자신과 관련된 이유였다. 물론 사회적 측면이 이기적인 동기보다 크게 앞선 것은 아니었다. 특히 자유와 재미, 위험을 상징하는 자동차의 경우 이십대 중반 젊은이들의 마음을 완전히 사로잡았다. 그럼에도 청년들은 "나의 물건"보다는 "우리의 물건"을 첫째로 꼽았다.

캠프너의 연구결과를 보면, 이런 순위는 죽는 날까지 크게 변하지 않는다. 오히려 나이가 들수록 그런 성향이 더 심해진다. 그러니까 서른 살이건 쉰 살이건, 일흔 살이건 성인들이 특정한 물건을 아끼는 첫째 이유는 사회적 결속인 것이다.

연애편지, 선물, 함께 구입한 골동품……. 이런 물건은 파트너와의 관계가 얼마나 깊은지를 상징한다. 또한 커플들이 넘어야 할 도전과 난관의 산을 반영하기도 한다. 동거를 막 시작한 커플의 집은 대부분 두 가정이 나란히 공존하는 모양새다. 각자가 자기 물건을 챙기고, 자기 그림, 자기 기념품을 더 잘 보이는 곳에 두려고 한다. 두 살림이 합쳐지다보니 같은 물건이 두 개가 되기도 한다. 그래서 집이 관계의 시험대가 될 수도 있다. 한쪽은 수집광이고 다른 한쪽은 정리정돈에 목숨을 건다면 그 두 사람이 어떻게 쉽게 공동의 스타일에 합의할 수 있겠는가. 더 이상 "내 것", "네 것" 가르지 않는 진짜 공동의 가정은 시간이 지나면서 서서히 만들어지는 것이다.

어떤 커플의 관계가 어느 정도의 유착 단계에 있는지는 그 커플의 집을 들여다보면 금방 알 수 있다. 미국에서 실시한 한 연구조사는 다양한 연령대의 커플을 대상으로 함께 사는 집에서 제일 중요한 물건이 무엇인지 물었다. 그랬더니 결혼을 하지 않은 커플과 결혼을 한 커플 사이에 눈에 띄는 차이가 드러났다. 미혼들은 주로 둘 중 한 사람의 것이거나 한 사람에게만 의미 있는 물건을 아끼는 물건으로 골랐다. 그러니까 미혼 청년들은 함께 살아도 두 사람의 물건을 각자의 것으로 생각하였다. 한 여성은 이렇게 대답했다. "책은 주인과 주제에 따라 나누어 꽂아둡니다. 그의 책은 이쪽에, 제 책은 저쪽에 두지요." 심한 경우 각자 따로 방을 두어 각자의 물건을 보관하는 경우도 있었다. 결혼한 부부의 경우는 정반대였다. 그들이 중요하다고 꼽은 물건의 대다수는 공동의 물건이었고 두 사람의 관계에서 소중한 물건이었다. 두 사람의 관계에서 중요한 순간을 포착한 사진들, 둘이 주고받은 선물들, 두 사람이 함께 고른 가구, 가전제품, 장신구 들을 골랐다. 개인의 물건은 극히 일부만 보물로 꼽았다.

이 연구를 진행한 클라크 올슨Clark Olson은 결혼하지 않은 커플들이 물건을 분리시키는 것은 이들의 관계가 결혼한 부부만큼 안정적이지 않다는 증거라고 말했다. 물건의 분리는 스스로를 파트너보다는 개인으로 생각하는 분위기를 조성한다. 이 사실은 커플의 커뮤니케이션에서도 확인된다. 결혼하지 않은 커플은 주로 현재에 대해 이야기를 나눈다. 함께 한 과거가 없기 때문이고 함께할 미래에 대한 확신이 없기 때문이다. 반면 결혼을 한 부부는 함께 나눈 추억에 젖고 미래의 계획과 목표에 대해 많은 이야기를 나눈다.

그렇다면 두 사람의 관계에 문제가 생겼다는 것도 물건을 보면 알 수 있을까? 공동의 보물이 많은 커플이 개인의 물건을 더 소중히 여기는 커플보다 얼마나 더 행복한지는 올슨의 연구결과를 통해서는 확인할 수 없다. 그렇지만 평소 알고 지내던 커플의 집을 이런 관점에서 한번 살펴보는 것은 꽤 재미난 실험이 될 것 같다. 커플의 사진과 둘이 함께 간 휴가의 기념품으로 도배가 된 집은 누구의 집인가? 개인의 영역을 절대 침범하지 않는 커플은 누구인가? 이들 커플은 조화와 배려의 관점에서 어떤 차이가 있나?

린 섀프턴의 소설로 돌아가보자. 주의 깊은 독자라면 곳곳에서 레노어와 할의 관계에 금이 간 흔적들을 발견할 수 있을 것이다. 연애 초기의 물건들에서도 이미 그런 흔적이 나타난다. 주방용품을 모으고 시간이 나면 소파에서 책을 읽으며 지내는 레노어 같은 가정적인 타입이 사진기와 여행에 목숨을 거는 정처 없는 남자와 정말 행복할 수 있을까? 선물 하나에도 고민과 정성을 다하는 그녀가 비싸기는 하지만 정성이라고는 눈에 띄지 않는 그의 선물을 어떻게 이해하고 견디겠는가? 레노어가 그녀에게 더 잘 어울리는 남자를 찾기를, 그녀 앞에 듬직한 의사나 변호사가 나타나기를 내심 바라는 독자도 많을 것이다. 10년 후 결혼을 해서 두 아이와 함께 전원주택에서 행복하게 사는 그녀의 모습을 말이다.

　　성인 중기가 되면 —새로운 과제와 도전에 맞게— 사물과의 관계도 다시 변한다. 30대 중반에서 60대 중반까지는 정말 열심히, 성실하게 일할 나이이다. 직장에서 자리를 잡고 가족을 부양하고 집을 장만한다. 공적으로는 정치, 사회를 떠받치는 대들보이며 사적으로는 자식을 키우고 늙으신 부모를 부양해야 한다. 에릭슨은 이 단계에 "생산성"이라는 타이틀을 붙여주었다. 그가 말하는 생산성은 자신의 삶뿐 아니라 타인들, 특히 미래 세대에게 의미 있는 가치를 창출하고자 하는 욕망이다.

　중장년층의 물건에 대한 입장은 상대적으로 연구조사가 덜 되어 있다. 어쨌든 청년층이나 노년층에 비해서는 훨씬 적다. 네브라스카 대학교의 마케팅 교수인 제임스 겐트리James Gentry의 추정대로 이 연령층의 과제와 역할이 너무 광범위하기 때문일 것이다. 역할이 많다보니 사물과의 관계에 대해서도 보편타당한 이론을 주장하기가 힘든 것이다.

　그러나 몇 가지 밝혀진 사실은 있다. 물질적 가치와 관련하여 중장년기는 모순된 태도를 취하는 시기이다. 한편으로는 가정을 꾸리고 자식을 부양함으로써 "이타적 추진력"이 이기적 동기를 앞서는 시기이다. 미국 심리학자 폴 캐머런Paul Cameron은 약간 극적인 표현을 사용하여 이 시기를 이렇게 설명한다. "부모가 되기 전에는 자아의 대부분이 자기 신체 안에 깃들어 있다. 그러나 부모가 되면 에고는 공식적으로 신체를 박차고 나와 인류의 운명 및 발전과 결합한다. 부모가 되면 기쁨도 더 이상 '나의' 기쁨만이 아니라 '아이들의' 기쁨으로 측정된다."

부모는 자기보다 먼저 아이들의 물질적 욕망과 소망을 채워주려 노력한다. 연방통계청의 자료를 보면 독일 부모들이 자녀에게 지출하는 비용은 자녀 1명당 월 평균 550유로라고 한다. 자녀의 숫자에 따라 달라지겠지만 최고 총 지출의 40퍼센트를 자녀에게 쏟아붓는다고 한다. 아끼는 물건의 정의도 달라진다. 아이가 맨 처음 신었던 신발, 아들, 딸이 준 그림이나 선물은 부모의 가슴에서 아주 특별한 자리를 차지한다.

자식이 없는 경우에도 이 연령이 되면 사물이 젊은 세대와의 결속을 상징한다. 캠프너의 연구에서 자식이 있거나 없는 중장년층의 참가자들에게 특정 물건을 아끼는 이유를 물었더니 사회적 요인이 다른 연령층에 비해 월등히 높은 자리를 차지했다. 한 유치원 교사는 유치원생에게 받은 작은 선물을 보물로 골랐고 한 남성은 무료로 아이들에게 축구를 가르치는데 그 축구팀이 경기에 나가서 받은 트로피를 제일 아끼는 물건으로 선택하였다. 그 밖에도 에릭슨이 말한 생산성을 상징하는 물건은 많았다. 자신이 쓰는 논문을 가장 소중한 물건으로 택한 한 교수는 그 이유를 이렇게 해석했다. "그 논문들은 부자지간처럼 지내던 학생들과 함께 씁니다. 지금의 내 단계는 기꺼이 함께 나누는 단계, 타인을 도와 앞으로 전진하게 만들어주는 단계인 거지요."

인간관계에 대한 관심은 이 "전성기"의 가장 중요한 특징 중 하나이다. 그렇지만 물질적인 성향 역시 이 단계의 또 다른 특징으로 꼽힌다.

최근의 경제학 연구결과를 보면 이 연령층에서 소비가 최고조에 달한다고 한다. 한 사람이 평생 동안 물건을 사는 데 지출하는 금액을 그래프로 그려보면 낙타등처럼 불룩 튀어나오는 곡선이 되는데, 그 꼭짓점이 40세를 갓 넘긴 때라는 것이다.

따라서 인생 중반기에는 옷장과 차고와 지하실이 물건으로 가득 차고 대화의 주제도 물건이 대부분이다. 그것은 "중년"의 본성과도 일부 관련이 있다. 즉 (이미) 웬만큼 이력이 쌓이면서 그와 관련된 추억의 물건이 차곡차곡 쌓인 상태이지만 (아직) 목표 및 미래 계획과 관련된 물건들에도 투자를 아끼지 않기 때문이다. 물론 일부는 이 연령대가 물질과 소비의 유혹에 특히 약한 시기인 탓도 있다. 벨크의 연구결과를 보면 부모 세대는 자녀나 조부모 세대에 비해 훨씬 소유 지향적이며 물질주의적이다. 소유물을 신분의 상징으로, 사회적 성공의 표현으로 생각한다는 대답이 40~50대에서 가장 많았다. 많은 이들이 열심히 노력하여 성공하였는데 왜 자랑하면 안 되냐고, 왜 이런저런 사치를 누리면 안 되냐고 자문한다.

그러나 달리 생각하면 옷으로 넘치는 옷장, 터질 듯 물건으로 가득 찬 지하실은 떨어진 자신감, 공허한 마음, 노화에 대한 두려움을 덧칠하기 위한 물감인지도 모른다. 과도한 소비와 비싸고 특이한 물건에 대한 관심은 중년의 위기를 진단하는 대표적인 증상이다. "중년의 위기"란 1960년대 중반 캐나다의 심리학자 엘리엇 재크[Elliott Jaques]가 처음 사용한 개념으로, 강한 자기 의혹, 슬픔, 젊음의 상실과 노화에 대한 두려움이 나타나는 단계를 지칭한다. 실제로 중년의 위기가 명확하게 정의할 수 있는 현상으로 존재하는지, 얼마나 많은 사람이 위기를 겪는지, 정확히 어떤 식으로 나타나는지에 대해서는 학자들 사이에서도 논란이 많다. 어쨌든 미국 맥아더 재단에서 1990년대 말에 시행한 대규모 연구 프로젝트에서는 참가자 8,000명 중 약 3분의 1이 실제로 40세에서 60세 사이에 심리적인 부담을 느꼈다고 대답했다. 노화에 따른 각종 문제는 물론이고, 이혼이나 가족의 죽음, 실직이나 승진탈락 등 결정적인 사건도 원인으로 꼽혔다. 행복을 연구하는 학자들의 최근 연구결과도 인생의 만족도는 전형적인 U자 곡선을 그리며 중년기에 최저점에 도달한다고 주장한다.

중년의 위기가 남자들만의 문제라는 속설은 사실이 아닌 것 같다. 여성들도 중년이 되면 고민이 많아지고 충동적인 행동이 잦아진다. 또 내 주변의 친구나 지인들을 보아도 그렇듯 광란적인 소비에 빠져든다. 물론 할리 데이비슨 모토 사이클이나 포르쉐를 구입하지는 않겠지만 명품 백, 보석, 비싼 옷을 젊음의 묘약쯤으로 생각하는 것 같다.

화성에서 온 남자, 금성에서 온 여자

이쯤에서 화성과 금성으로 잠시 나들이를 다녀오고 싶은 유혹을 떨쳐버릴 수가 없다. 지난 몇십 년 동안 심리학자들은 남성과 여성의 생각과 느낌, 행동에서 수많은 차이점을 발견하였다. 당연히 사물과의 관계에까지 뻗어나가는 차이점이다. 해당 연구결과들을 요약하면 한마디로 사물의 세계를 바라보는 남성과 여성의 시선은 극도로 다르다. 그리고 사물과의 관계에서 여전히 전통적인 성 고정관념을 지향하는 것으로 나타났다. "강한 성"은 주로 자율성과 자유를 만끽할 수 있는 물건을 선호하며, "약한 성"은 가정과 신체적 매력, 타인과의 결속을 표현할 수 있는 물건을 좋아한다. 1960년대와 1970년대 여성 해방운동은 많은 부문에서 근본적인 변화를 일구어냈다. 그러나 사물과의 관계에서는 상대적으로 많은 흔적을 남기지 못한 듯하다.

미하이 칙센트미하이와 유진 록버그 할튼이 시행한 시카고 연구로 돌아가보자. 그들은 실험 참가자들에게 집 안에서 가장 아끼는 물건들이 무엇이냐고 물었다. 이번에도 남성과 여성의 차이는 두드러졌다. 물론 가구나 그림, 책 등 양쪽 모두에게 공통된 대답도 있었다. 하지만 전체적으로 볼 때 핫 리스트는 심한 차이를 보였다. 여성들은 식물, 도자기, 직물, 사진을 아끼는 보물로 꼽았다. 모두 남성들이 좋아하지 않는 물건들이다. 반대로 남성들은 공구, TV, 오디오, 스포츠용품, 원예용품, 차, 트로피 등 여성이 별 관심을 보이지 않는 물건들을 꼽았다. 좋아하는 이유 역시 전혀 달랐다. 여성들의 경우 추억이나 타인과의 결속감이 큰 역할을 했고 남성들은 그 물건들이 신체의 힘, 능력을 상징하기 때문이라고 대답했다. 예를 들어 벽난로를 꼽은 여성들은 그것이 가족과 함께하는 시간을 상징하기 때문이라고 대답했지만 똑같이 벽난로를 선택한 남성의 경우 휴가나 모닥불을 떠올렸다.

여성 심리학자 헬가 디트마가 1980년대 후반에 영국 실험 참가자들을 대상으로 실시한 대규모 실험에서도 유사한 차이가 발견되었다. 질문을 받은 여성들은 시카고 연구와 마찬가지로 아끼는 물건을 관계 지향적인 안경을 쓰고 바라보았다. 반면 남성의 시각은 주로 활동성, 기능성, 자기 개성과 능력의 표현에 좌우되었다. "남성과 여성은 정말 다른 방식으로 소유물과 자신을 동일시하는 것 같다"는 것이 그녀의 결론이다.

디트마는 이런 차이가 문화적 성 정체성이라 부르는 것의 표현이라고 보았다. 각 개인은 아끼는 물건과 관련된 자신의 감정이나 생각이 지극히 개인적이라고 생각할 것이다. 하지만 실제 사물과의 관계는 한 사회가 정한 가치관과 역할에 많은 영향을 받는다. 그리고 그 가치관과 역할은 남녀가 매우 다르다.

전통적인 가부장적 사회에서는 남성과 여성을 가로지르는 사회의 고랑이 매우 깊다. 애리조나 대학교의 마케팅 교수 멜라니 월렌도프^{Melanie Wallendorf}는 동료 교수들과 함께 실험을 실시하여 미국인들과 아프리카 흑인들이 좋아하는 물건을 비교하였다. 미국 대도시에 사는 사람들과 아프리카의 농촌 사람들을 인터뷰하여 그 결과를 비교분석한 것이다. 가장 중요한 연구결과 중 하나는 아프리카 사람들의 경우 남녀가 전혀 다른 물건을 택하였다는 것이다. 여성들은 은팔찌와 목걸이, 손으로 짠 양탄자와 벽걸이를 아끼는 물건으로 꼽았다. 모두가 미모, 결혼, 살림과 관련된 물건들이었다. 이 여성들은 이런 물건들을 대부분 결혼식 선물로 받으며 종교적인 행사 때나 가족 행사 때 다른 사람들에게 자랑한다고 했다. 자신이 얼마나 매력적이고 명망이 있는 사람인지, 얼마나 남자들의 존중을 받는지를 다른 여성들에게 과시하기 위함이었다. 남자들은 마스코트와 코란, 그리고 마법의 보호 및 영적 노력과 관련된 종교서를 꼽았으며 가축과 칼, 농기구 등 농부에게 명성과 권위를 부여하는 물건들을 언급하였다.

미국의 경우 남녀의 차이가 전체적으로 훨씬 약했지만 역시나 눈에 띄었다. 예를 들어 미국 여성들은 다른 사람을 상기시키는 물건들, 사진이나 기념품, 공예품 등을 꼽았고 남성들은 소파나 시계, TV나 라디오 등 기능적이거나 오락적인 물건들을 주로 들었다. 양성평등의 노력과 여성 해방운동에도 불구하고 서구사회에서조차 가치관과 역할이 여전히 성별의 영향을 강하게 받고 있다는 뜻이다. 연령과는 별 관계없었다. 앞에서 언급한 여성 심리학자 캠프너는 노년층이 아끼는 물건 역시 관습의 모델을 따른다고 확인하였다. 사실 이런 연구결과는 놀랄 일이 아니다. 다른 연구에서도 알 수 있듯 남녀의 차이는 유치원에 다니는 어린아이들에게서까지 관찰된다. 여자아이들은 대화를 나누고 인간관계를 모방할 수 있는 인형 같은 장난감을 선택했고 남자아이들은 장난감 자동차, 고카트(역주-gocart, 어린이가 타고 노는 소형 자동차), 스포츠용품 등 손으로 다루거나 몸으로 활용할 수 있는 장난감을 골랐다.

　　"전형적인 여성의" 물건과 "전형적인 남성의" 물건을 조사한 연구 결과도 흥미롭다. 특히 유익한 사례가 자동차이다. 자동차는 20세기 초부터 이미 현대성과 부의 상징으로 자리를 잡았지만 핸들을 잡는 쪽은 주로 남성이었다. 여성의 자리는 당연히 조수석이었다. 광고에서도 영화나 문학작품에서도 자동차는 남성성 및 남성의 기동성과 동일시되어 왔다. 심리학 연구에서도 다르지 않았다. 남성과 자동차의 관계 —애정 관계라고 부르는 편이 더 정확할까?— 는 심리학의 고마운 연구 대상이다. 예를 들어 소비연구가들은 자동차의 브랜드가 얼마나 그 자동차를 운전하는 남성의 인성을 반영하는지 알아내기 위해 노력하였다. 물론 자동차 이미지가 운전자의 객관적인 인성 특징과 직접적인 상관관계가 있다는 사실은 밝혀내지 못했지만 어쨌든 운전자의 주관적 자아상과는 연관이 있었다. 다시 말해 포르쉐를 모는 운전자가 반드시 포르쉐처럼 섹시하고 저돌적이지는 않지만 운전자 스스로는 그렇다고 생각하는 것이다. 특히 정신분석에 경도된 학자들은 남성들의 자동차 열정에 큰 관심을 보였다. 그리고 정신분석학자들답게 유아기와 성적 주제를 좇아 자동차가 엄마의 자궁이나 자신의 페니스를 상징할 수 있다는 결론을 내렸다. 최근에는 신경학자들과 진화심리학자들까지 나서 남성들의 자동차를 이용한 자기과시와 다원적 번식 충동 사이의 연관관계를 추적하였다. 결과는 흥미로웠다. 스포츠카를 보는 순간 남성의 뇌에서는 섹

스나 식량에 대한 기대처럼 생존에 중요한 자극이 왔을 때 흥분되는 부위가 활성화된 것이었다. 그러니까 스포츠카가 생존에 필수적인 물건은 아니지만 그만큼 직접적인 효용가치가 있다는 뜻이다. 자동차는 라이벌이나 암컷에게 "나는 그런 무용지물인 사치품에까지 돈을 퍼부을 만큼 능력이 있어"라고 과시하는 공작의 화려한 꼬리 같은 역할을 하는 것이다.

물론 요즘엔 자동차를 "전형적인 남성의" 물건으로 생각하지 않는다. 운전을 하는 여성의 숫자가 얼마나 많은가. 그럼에도 자동차를 바라보는 남성과 여성의 감정은 천양지차다. 〈자동차의 비밀 생활과 자동차가 우리에 대해 폭로하는 것〉이라는 제목으로 BMW사 연구팀이 최근에 발표한 심리학 보고서를 보면 남성 운전자와 여성 운전자의 이런 차이를 확연히 알 수 있다. 일반적으로 남성들은 사람과 경험, 사물에 대한 자신의 느낌을 말하기를 꺼려한다. 그런데 자동차 이야기만 나왔다 하면 여성만큼 —아니 여성보다도 훨씬 더— 수다스러워진다. 그래서 연구팀의 학자들은 농담을 섞어 "남성들에게 이만큼의 대답을 끌어낼 수 있는 다른 주제를 찾기란 아마 힘들 것이다"라는 결론을 내렸다.

이런 특이할 정도의 민감함과 개방성을 자동차 연구가들은 역설적으로 남성들의 신체감 부족에서 그 원인을 찾는다. 남성들은 여성들에 비해 자신의 신체를 인식하지 못하기에 자기감을 자신의 신체와 결부시키지 않고 자동차 같은 대상으로 전이시킬 수 있다는 것이다. 실제 여러 연구결과를 보면 남성들은 자동차를 신체의 연장으로 생각한다. "남성들은 다른 사람이 자기 자동차를 만지면 극도로 예민하게 반응합니다. 충돌이 일어날 경우엔 적의 자동차를 공격하려고 합니다. 그것도 다 이런 이유 때문일 것입니다." (이 구절을 읽으면서 나는 차를 볼 때마다 닦아주고 싶어 하는 남성들의 격렬한 열정을 떠올렸다. 학자들의 연구결과를 인정하면 그들의 그런 열정도 전혀 다른 눈으로 볼 수 있게 될 것이다. 그러니까 토요일 하루 종일 자동차에 붙어 광을 내고 있는 남성은 사실 자기 자신을 광내고 있는 것이다.)

그러나 여성들은 신체와 자아의 동일시가 더 강하다. 때문에 여성들은 자아를 외부로 투영하지 않으며 자동차 역시 분리된 존재로 본다. 물론 자동차를 덜 소중하게 생각한다는 뜻은 아니다. 하지만 남성과 달리 이야기를 나누고 근심과 기쁨을 나눌 수 있는 친구, 말 그대로 동반자로 생각한다. 실제 설문조사에서도 여성 4명 중 1명은 자신의 자동차에게 애칭을 붙여준다고 대답했다. 남성의 경우 7명에 1명 꼴이었다.

실내장식.
도화선

자동차는 여전히 존재하는 남녀의 차이를 입증하는 한 가지 물건에 불과하다. 집 안의 물건들에 대해서도 남녀는 전혀 다른 입장을 보인다. 아주 간단한 테스트만 해봐도 금방 알 수 있다. 낯선 사람이 사는 방에 들어갔다고 가정해보자. 방 주인에 대해서는 아는 바가 전혀 없다. 그런데 그 방에 큰 하이파이 오디오, 엄청나게 큰 TV가 있다면 그

방에 여자가 살까, 남자가 살까? 혹은 옷장이 열려 있고 어제 입은 옷이 바닥에 흩어져 있다면? 거실에 친구와 가족, 아기의 사진이 잘 정돈되어 있다면 그 집엔 누가 살까? 거울과 달력, 화려한 색상의 커튼은 누가 걸까? 대답은 남자, 남자, 여자, 여자이다. 아마 대부분의 독자가 정답을 맞혔을 것이다.

이 테스트는 단순한 사고력 실험이 아니다. 심리학 교수 샘 고슬링 Sam Gosling이 실제로 실시한 실험이다. 실험 참가자들은 방을 보기만 해도 한 번도 본 적 없는 방 주인의 성별을 놀랄 정도로 척척 알아맞혔다. 그러니까 누가 봐도 전형적인 남자의 방과 여자의 방이 있는 것이다. 이 사실은 공간의 체계적 연구에서도 입증된다. 남자가 사는 방은 여자가 사는 방에 비해 들어가고 싶지가 않다. 밝지도 쾌적하지도 스타일이 멋지지도 않다. 여자들은 가까운 사람들의 사진을 전시해두는 경우가 많다. 남자의 방은 책이 적은 대신 CD가 많고 눈에 확 띄는 하이파이 오디오가 떡하니 자리를 잡고 있다. 여자들의 방엔 봉제 인형, 초, 꽃이 많고 남자들의 방엔 스포츠용품, 영수증 더미가 쌓여 있다.

이러니 남녀관계에서 갈등이 불거지지 않을 수 있겠는가. 집 안 실내 장식과 정리정돈 문제를 두고 부부가 싸우는 것은 놀랄 일이 아닌 것이다. 최근 〈뉴욕타임스〉의 기사에서는 실내 장식가들이 부부를 상담하기가 얼마나 어려운지 토로하였다. 실내 장식 디자이너들치고 실내 장식 문제를 두고 싸우는 부부를 안 본 사람이 없었다. 한 여성 실내 장식가는 어찌나 싸워대는지 부부 상담을 부가 서비스로 제공할 수 있겠다고 농담을 했다. 벽지 색깔, 물병 디자인 하나가 핵전쟁의 도화선이 될 수 있는 것이다.

물론 내 경험으로는 실내 장식문제에서 의견이 일치하는 부부도 적지 않다. 특히 오래 같이 산 부부일수록 상대적으로 수월하게 합의점을 찾는다. 그럼에도 이런 의문이 든다. 이런 "주거갈등"을 약화시킬 가능성은 없는가? 자신과 사물에 대한 자신의 입장을 잘 알면 도움이 될 것 같다. 나는 따뜻한 색의 침실 벽지를 좋아하나 차가운 색을 선호하나? 아늑한 분위기를 좋아하나 아니면 심플한 디자인이 좋은가? 옛날 할머니 방처럼 방에 화분이 있으면 좋을까? 몇십 년 동안 써왔지만 절대 버리고 싶지 않은 가구는 무엇일까? 마음 깊은 곳에 자리 잡은 그런 선호는 무의식적일 때가 많다. 자신도 모른 채 어떤 것을 아끼고 집착하는 것이다. 텍사스의 건축 기업가이자 디자이너, "감성적" 건축의 전문가인 크리스토퍼 트래비스Christopher Travis는 이렇게 말한다. "사람들은 자신을 속이며 자신에 대해 다른 사람 못지않게 아는 것이 별로 없다. 이 일을 하면서 내가 깨달은 사실이다. 사람들은 믿지 못할 만큼 맹점이 많다." 오랜 세월 함께 산 부부도 상대방의 선호도에 대해 잘 모르는 경우가 허다하다는 것이다. 그래서 크리스토퍼 트래비스는 고객이 찾아오면 일단 실내 장식에 중요할 수도 있는 인성 특징이나 인생 경험을 파악하기 위해 기다란 리스트의 설문지를 내놓는다. 그리고 고객들에게 이런 질문을 던진다. "집 안에서 파트너가 특히 거치적거리는 장소가 있나요?" 고객의 대답을 들으면 그는 그 문제 구역에 특히 집중적으로 관심을 갖는다. (트래비스의 말마따나 "집을 고치는 것은 사람을 고치는 것보다 수월하다.") 가끔은 아주 간단한 방법이 묘책이 될 수 있다. 두 사람에게 각자 혼자만 쓸 수 있고 혼자서 꾸밀 수 있는 장소를 할당해주는 것이다.

5장

나이가 들면 사물의 의미는 변할까:

빈손으로 왔다가 빈손으로 가는 인생

클라크 씨네는 런던에 사는 노인 부부이다. 두 사람의 집은 소유물을 통해 영혼을 표현할 수 있는 방법을 보여주는 멋진 사례이다. 물건으로 가득한 집 안은 구석구석마다 추억과 사랑이 듬뿍 깃든 것 같다. 그래서 그 집에 들어서면 집주인의 풍성한 내면과 따스한 인품을 느끼지 않을 수가 없다.

아쉽게도 나는 그 부부와 개인적으로 아는 사이가 아니다. 그들은 영국 인류학자 대니얼 밀러Daniel Miller가 2004년과 2005년에 실시한 매우 특이한 실험에 참가한 사람들이다. 대니얼 밀러는 17개월이 넘는 기간 동안 런던 남부의 지극히 평범한 거리인 스튜어트 가의 100개 가정을 방문하여 주민들과 그들의 물건에 대해 이야기를 나누었다. 이중 15가구의 경험을 담은 책이 『사물의 편안함The Comfort of Things』이다. 이 책은 객관적인 수치와 통계 자료가 아니라 정성을 다해 마음으로 엮은, 집주인과 그들의 소유물이 살아 숨 쉬는 사이코그램이다.

"충만"이라는 제목으로 클라크 씨 부부를 소개하는 장에는 아주 매력적인 구절이 있다. 밀러는 이런 초상화를 닮은 책을 꼭 쓰겠다고 마음먹게 만든 이유 중 하나가 이들 부부였다고 고백한다. 두 사람이 "사랑과 배려, 애정의 수작업"을 위해 자신들의 물건을 사용하는 그 숙련도에 크게 감탄했다고 말이다. 클라크 부부는 "사람이든 물건이든 똑같이 정성껏, 기품 있게, 창의적으로 대하며, 이처럼 사람과 물건을 구분하지 않음으로써 양족 모두에게 이익이 돌아간다"고 말이다.

밀러가 클라크 부부를 찾았을 땐 크리스마스 시즌이었다. 복도와 거실은 한껏 장식이 되어 있었고 크리스마스 트리에는 은공과 금공이 가득 걸리고 맨 꼭대기에 하얀 옷을 입은 예쁜 천사가 앉아 있었다. 정성껏 포장한 선물들이 일부는 나무 밑에 놓여 있고, 일부는 기가 막힌 솜씨로 천장에 매달려 있었다. 15년 전 필리핀에서 샀다는 수공예품 구유와 백 년도 더 된 반짝이는 유리램프들이 장식의 미를 더했다.

가족이 모이는 날엔 풍성한 명절 음식과 열띤 대화가 추가될 것이다. 부부의 최대 소망이 자손들 —5명의 자녀와 10명의 손자손녀들—이 모두 한자리에 모이는 것이었는데 "올해는 그 소망을 이룰 것 같다"고 두 사람은 좋아했다. 이들에게 크리스마스는 사랑의 축제이지만 또 한편으로는 물질적 사물이 두드러진 역할을 하는 축제이기도 하다. 하지만 그 둘은 모순이 아니다. 오히려 물건에 대한 헌신 —장식품, 선물, 명절 음식 —은 타인을 향한 애정과 밀접하게 결합된다. 이 관계는 서로가 서로를 강요하지 않으며, "비판적인 거리를 취하지 않고는 잘 알아차릴 수가 없을 정도로 한쪽이 자연스럽게 다른 쪽으로 넘어간다."

크리스마스 장식뿐 아니다. 클라크 씨 집의 다른 물건들도 그들의 삶이 얼마나 열정과 전통과 가족관계로 충만한지를 입증한다. 클라크 씨가 몇십 년 동안 모은 우표들, 두 사람이 젊은 시절 형편이 어려운 집 아이들을 태우고 여름휴가를 떠났던 낡은 자동차, 클라크 부인이 명절 음식을 뚝딱 마련하는 데 쓰는 냄비와 프라이팬, 다락방을 가득 채운 자녀들의 낡은 장난감과 봉제 인형, 아이들이 학교에서 받아온 상장, 공작 작품들, 이 모든 것이 다사다난했지만 화목했고 만족스러웠던 인생의 증거들이다.

노년의 소유물:

인생의 총결산

클라크 씨네 부부는 특별히 인상적인 케이스일지 모른다. 그렇지만 보통의 노인들도 가슴 한 켠은 특별히 의미 있는 물건들에게 내어주기 마련이다. 노인들이 사는 집엔 수십 년 동안 모은 물건들이 가득하다. 비록 유행에 뒤떨어지고 먼지가 수북하고 닳아 헤졌을 수 있지만 물건 주인들의 사랑은 지극하기만 하다. 그래서 할머니 댁에 간 손자들은 휘둥그레진 눈으로 감탄사를 연발한다. 까마득한 옛날에 오래전에 돌아가신 어른들이 쓰던 물건들이 여기저기 널려 있으니 말이다. 그렇지만 자식들은 고개를 절레절레 젓는다. 꼭 저런 박물관에서 먼지를 뒤집어쓰면서 과거에 한 발을 담그고 살아야 하는 걸까? 왜 과거의 것을 버리지 못하고 쌓아두는 것일까?

　물건에 관한 한 젊은 세대와 늙은 세대 사이엔 깊은 계곡이 패인 듯하다. "갑자기 공돈이 생기면 무엇을 살 것인가?" 이 질문에 젊은 사람들은 아무 어려움 없이 대답한다. 그런데 나이든 사람들은 그렇지가 못하다. 캐나다 인류학자 그랜트 맥크라켄Grant McCracken이 온타리오 주에 사는 주민 40명에게 사물과의 관계를 물었다. 주민의 절반은 25세에서 36세 사이이고 나머지는 65세 이상이었다. 가장 의외의 결과는 나이든 참석자들이 소유한 물건에 대해 느끼는 만족감이었다. 복권에 당첨되면 무엇을 사겠느냐는 질문에 노인들은 얼른 어떤 물건을 말하지 못했다. 이런 결과를 통해 맥크라켄은 노인들은 물질적 욕망이 별로 없고, 미래에 새 물건을 살 수 있는 가능성에 별 감흥을 느끼지 못한다는 결론을 내렸다. 이런 태도는 한 치의 망설임도 없이 흐뭇한 표정을 지으며 소망의 리스트를 열거하는 젊은이들과는 분명한 차이를 보인다. 맥크라켄은 노인들의 이런 소극적 태도가 새로 장만한 물건이 과거의 물건을 쫓아낼 수 있다는 두려움 때문이라고 분석한다. 따라서 지금의 소유물에 완벽하게 만족하며 그것을 아끼고 사랑한다는 말로 자동차, 차,

옷을 새로 장만하는 상상을 쫓아버리는 것이다.

젊은 사람들은 노인들의 이런 과도한 충성심을 이해할 수가 없을 것이다. 하지만 노인들의 입장에서 생각해보면 그런 태도는 나름의 의미가 있다. 시몬 드 보부아르Simone de Beauvoir가 물질적 대상을 노년의 안전과 행복을 보장하는 필수 수단이라고 말했던 이유도 노인들은 그 물건들 덕분에 자신을 대상으로만 바라보는 사람들에 맞서 자신의 정체성을 확인하기 때문이다. 물론 이처럼 사물을 적대적 환경을 막아주는 보루라고 보는 것은 극단적인 입장이다. 하지만 노년층에게 미치는 소유물의 영향력은 심리학자들과 노년 연구가들 역시도 잊지 않고 강조하는 부분이다.

에릭슨에 따르면 노년기의 중심 과제는 지난 인생을 점검하고 과거의 일들을 기억하며 그것을 인정하는 데 있다. 내 인생은 의미가 있었던가? 나는 무엇을 이루었나? 어떤 사람이 내 인생의 동반자였을까? 나는 실수와 가혹한 운명을 어떻게 뛰어넘었던가? 내가 남길 유산은 무엇일까? 이렇듯 자신의 지난 인생을 돌아보며 과거의 세월을 큰 맥락에서 파악하고 의미 문제에서 건설적인 대답을 찾아야 하는 것이다. 에릭슨은 이를 "자아의 통합"이라고 부른다. 이에 성공하면 노년의 가장 힘든 과제도 무난히 마스터할 수 있다. 바로 자신의 유한성을 담담하게 받아들일 수 있게 되는 것이다.

노년을 연구하는 학자들은 추억의 가치를 강조한다. 미국의 심리학자이자 노인학자인 로버트 버틀러Robert Butler는 "인생 회고life review"라는 개념을 처음으로 사용하였다. 그가 말하는 인생 회고란 과거의 경험들을 의식으로 불러내어 풀리지 않는 갈등도 다시 점화시킬 수 있는 심리 과정을 말한다. 그러나 아직 우리 사회는 과거를 반추하는 노인들의 성향을 과거에 빠진 삶이랄지, 제2의 유년기, 노망, 고독, 과거 정체성에 대한 집착 같은 말로 폄하해버린다. "회고는 따분하고 시간 낭비이며 무의미하다고 생각한다." 하지만 알고 보면 회고에는 대단한 치료기능이 있다. 과거의 삶을 반성하면서 불안을 조장하고 마음을 억누르던 마음의 짐을 내려 새롭게 배치할 수 있는 것이다.

실제로 심리치료사들은 회고의 긍정적 효과를 적극 활용한다. 인생 회고 치료법^{life review therapy}은 의도적으로 환자의 추억을 일깨우는 치료 방법이다. 대표적으로 자서전적인 글쓰기, 가계도 작성, 가족 스토리 이야기하기 등을 꼽을 수 있다. 물건을 이용하는 방법도 있다. 환자에게 앨범, 옛날 편지, 기념품, 그 밖의 추억의 물건들을 가져오게 한다. 그런 물건들은 풍성한 정보의 원천이 될 뿐 아니라 편안하게, 쉽게 적용할 수 있는 여러 가지 치료법의 도구가 되므로 대부분의 노인들이 무척 좋아한다. 버틀러는 강조한다. "약간의 뇌손상이 있는 사람들조차 사진과 기념품을 이용하면 세세한 부분까지 기억을 떠올릴 수 있다"

꼭 심리치료가 아니더라도 소유물은 추억의 버팀목 역할을 훌륭히 해낼 수 있다. 노스캐롤라이나 대학교 노년 연구 프로그램 팀장인 인류학자 데나 센크Dena Shenk가 2004년에 발표한 연구결과를 보아도 그러하다. 그녀는 남편이 죽고 혼자 사는 64세에서 80세의 할머니들을 찾아가서 그들과 오랜 시간 심층 인터뷰를 나누었다. 참가자들은 가족과 결혼, 남편의 죽음에 대해 이런저런 이야기를 들려주었다. 예를 들어 혼자 남은 자신의 삶이 어떠한지, 하루는 어떻게 보내는지, 누구와 시간을 보내는지, 주로 무슨 일을 하는지 등의 내용이었다. 특히 할머니들은 너나 할 것 없이 집 구경을 시켜주겠다고 했다. 집 안 곳곳을 데리고 다니면서 이 가구는 어디서 났는지, 어떤 사진을 좋아하는지, 왜 이 기념품이 특별한 의미가 있는지 들려주었다.

80세의 베티 로즈 할머니에게 집 안 물건들은 현모양처이고자 했던 그녀의 삶을 입증하는 박물관과 같은 것이다. 그녀는 암으로 남편을 잃을 때까지 53년 동안 남편과 함께 살았다. 그녀 세대의 많은 여성들이 그랬듯 그녀 역시 가정을 위해 삶을 다 바쳤다. 그래서인지 남편의 손때가 묻은 부엌과 벽난로, 차고를 남편이 그녀를 사랑하였다는 증거라고 생각했다. 큰딸이 손수 만들어준 선물, 아들이 장만해준 휴대전화, 아이들이 은혼식 때 선물로 주었던 도자기 세트, 막내 손녀의 사진들, 며느리가 준 금붕어까지, 3자녀와 7명의 손주들에게 받은 수많은 선물을 끈끈한 가족애의 상징으로 해석했다.

다른 인터뷰 참가자들 역시 물건을 자신의 삶이 의미가 있었다는 증거로 생각했다. 69세의 켈리 윌슨 할머니에게 남편이 손수 지어준 정원의 작은 창고는 두 사람을 하나로 묶어주는 결속의 상징이었다. 남편이 그것을 직접 지었다는 사실도 중요하지만, 그것을 짓고 난 뒤 남편과 함께 느꼈던 기쁨도 그 못지않게 중요하다고 그녀는 강조하였다.

64세의 린타 포레스터 할머니 역시 부엌 한 구석을 할머니와 어머니, 딸과 손녀의 사진으로 장식해놓았다. 그런 방법으로 과거 세대와 단절되지 않을 수 있었고 전통의식을 후세대에 물려주고 싶은 소망을 표현하였던 것이다.

물건이 효율적인 기억의 도우미인 데는 여러 가지 이유가 있다. 그중 가장 중요한 몇 가지 이유를 철학자 틸만 하버마스는 자신의 저서 『아끼는 대상들』에 요약해놓았다. 가장 큰 이유는 조가비나 사진, 책 등이 특정 상황이나 특정 인간을 떠올리게 할 수 있다는 것이다. 하지만 물건의 의미는 그 이상이다. 물건은 개별 사건들을 조직하여 하나의 스토리를 만들어낼 수 있게 한다. 일생을 관통하면서 쉬지 않고 변화하고 발전하는 중심 주제를 상징할 수 있는 것이다. 혹은 프리즘처럼 비슷한 경험들을 하나의 추억으로 응축시키는 핵심 일화들을 대변한다. 틸만 하버마스는 말한다. "여러 가지 자서전적 연관성을 한데 합친 물건일수록 더 두루두루 개인의 전기를 대변하며 주인에게 더 의미가 크다." 나아가 물건은 시공간적 거리를 극복할 수 있다. 그를 통해 ―"환상을 이용할 때보다 훨씬 더 구체적으로"— 한 인간의 연속감을 촉진할 수 있다. 유품, 여행에서 사온 기념품, 옛날 연애편지는 과거를 현재로 불러와서 그 과거를 직접 경험할 수 있게 만든다. "그 사람은 그것들을 이용하여 거의 믿기 힘들 정도로 구체적으로 자기 연속성의 현재 버전을 확인한다."

물건들은 또 은밀한 방식으로 기억을 저장함으로써 주인의 비밀을 간직할 수 있다. 프라이부르크 대학교 민속학 교수인 안드레아스 쿤츠 Andreas Kuntz는 몇 년 전 그런 몇 가지 사례를 수집하였다. 그중에서도 특히 실수로 아들을 죽게 한 어머니의 이야기가 감동적이었다. 비극적인 사고가 발생한 직후 그녀는 길거리에서 크리스마스 장식용 작은 목마를 발견하였다. 그 이후 그녀는 해마다 아무에게도 말하지 않고 크리스마스 트리에 그 목마를 매달아 아들을 크리스마스 축제에 참가시켰다. 한 화가의 스케치북 역시 희망과 후회가 양립하는 남모르는 추억의 창고였다. 그는 영국에 전쟁 포로로 잡혀 있는 동안 그 스케치북에 자신의 재능과 화가가 되고 싶은 소망을 담았다. 그러나 정작 전쟁이 끝난 후에는 무장친위대에서 활약했던 —지우고 싶은— 과거 때문에 원하던 화가의 길을 걷지 못했다.

중요한 사건이나 사람을 기리는 추억의 물건은 젊은 사람들에게도 중요할 수 있다. 하지만 하버마스의 말대로 지나온 세월이 많을수록 그런 "자서전적 기념품"이 차지하는 자리도 커진다. 이런 물건들은 시간이 갈수록 가치를 잃기는커녕 더욱 그 가치가 높아진다. 그러니 노인들이 기존의 물건에 집착하면서 새 물건의 구입에 관심을 보이지 않는 것도 충분히 이해가 간다.

　젊은 사람들은 그런 노인들의 태도를 감상적인 향수라 치부할지도 모른다. 그러나 노인학자 에드먼드 셔먼Edmund Sherman의 연구결과처럼 익숙한 물건들에 대한 애정과 존중은 실제로 행복감을 높이는 효과가 있다. 셔먼은 200여 명의 노인들에게 소중하게 생각하는 물건이 무엇인지 물었다. 추억의 물건이나 아끼는 물건이 많은 노인들이 적은 수의 물건을 꼽은 노인들에 비해 전체적으로 삶에 대한 만족도와 관심이 높았다. 아끼는 물건이 없다고 대답했지만 삶의 만족도가 높은 사람은 극소수에 불과했다. 소중하게 생각하는 물건이 없다는 것은 노년의 과제를 훌륭히 수행하지 못했다는 증거일 수 있는 것이다.

아끼는 물건을
요양원으로

　노년에는 과제가 많다. 보통 사람들의 생각과 달리 노년은 극심한 변화를 겪는 단계이다. 평생 다니던 직장을 그만두고 다른 관심 분야를 찾아야 하며, 평생 써먹은 몸은 여기저기서 고장을 일으킨다. 자식들을 다 분가시켰으니 평수가 작은 집으로 옮기거나 실버타운, 요양원 등지로 거처를 옮기고 평생을 함께 산 아내 및 남편과 가까운 친구들이 하나둘 세상을 떠난다. 이런 변화의 시기에 소중한 물건은 흔들리는 마음을 잡아주는 닻과 같다. 물건은 구체적이고 물질적인 속성을 가지므로 든든한 버팀목이 되어주고, 세월이 흘러도 변함이 없는 방향 등이 되어준다.

많은 학자들이 노인들의 소유물을 아기들의 봉제 인형이나 안심담요에 비교한다. 그만큼 아끼는 물건은 노년에도 새로운 인생 단계로의 이행을 도와준다는 의미이다. 특히 거처를 노인 시설로 옮길 때 물건의 소중함이 드러난다. 물론 오히려 물건이 장애가 되는 경우도 있다. 혼자서 거동조차 못하면서 집을 떠나지 않겠다고 우기거나 물건을 도무지버리지 않아서 그 물건들 때문에 쾌적한 생활이 불가능할 때가 그렇다. 하지만 거처를 옮길 때는 아끼는 물건들이 든든한 의지처가 되어준다. 여러 경험 연구에서도 입증된 사실이다. 특히 노년에는 거처를 옮길 때가지고 가는 물건의 숫자나 양이 새 거처의 적응 여부에 큰 영향을 미친다고 한다. 물건을 가지고 가면 집에 있다는 푸근한 느낌을 일부나마 새거처로 가져 갈 수 있다는 것이다. 아끼는 물건은 불안한 마음을 다독이는 따스한 손길이며 자신의 과거로 돌아가는 다리이다.

미국의 환자 및 노인 간병 전문가 앤 맥크라켄Ann McCracken은 최소 6개월 이상 노인 요양시설에서 거주한 75명의 여성들을 대상으로 설문조사를 실시하였다. 그들에게 시설로 올 때 어떤 물건을 가져왔는지, 어떤 물건을 가장 소중하게 생각하는지, 혹은 가져오지 못해 아쉬운 물건이 있는지 물었다. 그랬더니 물건의 숫자를 눈에 띄게 줄인 경우, 많은 물건을 포기해야 했던 경우 주거지 변화를 더 힘들게 느꼈다. 특히 여성들은 아끼는 물건과의 작별을 고통스럽게 느낀다. 한 할머니는 이렇게 말했다. "눈을 감았다 떴더니 그냥 여기 와 있더라고." 사실 할머니들이 가장 아쉬워한 것은 물건이 상징하는 과제와 역할이었다. 한 할머니는 제빵 기구들을 못 가져온 것이 가장 안타깝다고 대답했다. 그 기구로 맛난 빵을 구워 아들, 딸을 먹이던 그 시절의 어머니 역할로 되돌아가고 싶었던 것이다. 정원용품이나 은 식기가 아깝다고 대답한 할머니들도 정원을 가꾸던 시절, 신나게 요리를 하여 대접을 하던 자신의 역할을 되돌리고 싶은 마음이었을 것이다. 맥크라켄은 강조한다. "그 여성들에겐 이런 물건들과의 작별이 사회 네트워크의 변화에 적응하기보다 더 힘들었을 것이다."

그래서 그녀는 노인들을 요양시설로 옮길 때는 반드시 소유물에 대한 배려가 충분해야 한다고 충고한다. 한마디로 다다익선이다. 가져갈 수 있는 물건의 양이 곧 새로운 환경의 적응 여부를 알려주는 지침이다. 특히 추억을 담은 물건들, 자주 사용하거나 중요한 역할과 관련된 물건들은 최대한 많이 가져가는 것이 좋다. 다른 학자들의 연구결과도 이런 충고가 얼마나 정당한지를 입증한다. 미국에서 노인 요양원에 입소할 때 노인들에게 최소 한 가지씩 아끼는 물건을 갖고 오게 했더니 그렇지 않은 사람들에 비해 훨씬 건강상태가 좋았다. 상황에 휘둘린다는 기분이 들지 않는다고 대답했고 스트레스 징후도 훨씬 적었으며 갈등에 대한 저항력과 의욕도 높았다.

죽음이
다가오면

매주 화요일 11시, 가브리엘레 뮐러-마메로프^{Gabriele} Mueller-Mamerow는 일거리를 가지러 프랑크푸르트 도심의 법원 건물 A동으로 간다. 그리고 빠른 걸음걸이로 6개의 사무실을 들락거리면서 그녀에게 할당된 우편함들을 살핀다. 내가 그녀를 동행했던 그 화요일에는 놀랍게도 일거리가 하나도 없었다. 크리스마스 직전에는 보통 사망 건수가 늘어난다고 그녀는 말했다. 그런데 그날만은 우편함이 텅 비어 있었다. 우리는 그녀의 집으로 발길을 돌렸고 마주 앉아 이야기를 나누었다.

50대 중반의 그녀는 약 10년 전부터 유산관리인으로 일하고 있다. 전문분야는 고독사 유품정리이다. 즉 자기 집에서 시신으로 발견되었는데 가족을 알지 못하는 사람의 유품을 정리하는 일이다. 값나가는 물건은 안전하게 보관하고 유가족을 찾아내서 유산을 정리하고 집을 깨끗하게 비우는 일을 담당한다. 그러다보니 자연스럽게 소유물과 죽음에 대해 전문가가 다 되었다.

죽은 사람의 집에 들어서면 그녀는 일단 가치가 나가는 물건부터 찾는다. 혹시 모를 도난을 방지하기 위해서다. 동료들 사이에서 그녀의 개코는 소문이 자자하다. 현금, 보석, 그림, 금괴, 스위스 은행 귀중품 보관소의 열쇠…… 집주인이 아무리 꽁꽁 숨겨놓았어도 그녀는 귀신같이 찾아낸다. 보물을 찾을 때 그녀는 무엇보다 직관에 의존한다. 집

에 들어선 지 5분이면 집주인이 집 안 어디에서 주로 생활을 했던지 알
수 있다. 귀중품들도 대부분 그곳에 숨겨져 있다. "나이가 들면 행동반
경이 좁아져요. 그래서 중요한 것은 되도록 곁에 두지요." 그녀의 설명
이다. 그녀는 집주인이 주로 앉아 있었을 의자나 소파에 자리를 잡고서
집주인의 입장이 되어보려고 노력한다. 특히 눈높이에 무엇이 있는지
살핀다. 한 번은 다른 책들보다 약간 앞으로 튀어나온 책에서 엄청난 양
의 현금을 발견했다. 또 한 번은 다른 것보다 먼지가 덜 앉은 선반에서
귀중품을 발견하기도 했다. 다른 것은 다 열려 있는데 그것만 잠긴 옷장
도 관심의 표적이다.

그녀는 죽은 사람의 집에서 발견한 물건을 최대한 많이 매각하려고
노력한다. 가재도구나 옷 같은 것은 중고가게에 가져가고 위탁 상품은
판매를 한다. 돈이 되는 그림이나 양탄자, 보석은 경매회사에 갖다주며
금 거래상도 그녀의 단골 고객이다. 나머지는 청소 회사에 맡긴다. 물
건을 판 돈은 장례비용으로 사용한다. 남은 돈이 있을 경우, 상속인에
게 넘겨준다. 그것 역시 그녀의 임무이다. 그래서 상속인을 찾기 위해
편지, 방명록, 앨범, 서류, 전화번호부를 뒤진다. 가까스로 연락이 닿은
가족들은 각양각색의 반응을 보인다. 한 번은 돌아가신 노인의 딸이 그
녀가 돈을 착복했을까봐 의심을 한 적도 있다. 그렇지만 대부분은 그녀
에게 감사의 인사를 전한다. "그 돈 덕분에 평생 꿈도 꾸지 못할 물건을
장만했어요"라는 고백을 들으면 그녀도 따라 마음이 흐뭇해진다.

뮐러-마메로프는 자기 일에 매진하는 사람이다. 그녀가 들려주는 시

신과 유품 매각, 상속인의 이야기를 듣고 있으면 그녀가 얼마나 많은 에너지와 애정을 자기 일에 투자하는지 금방 알 수 있다. 이혼 후 홀로 세 아이를 키우고 휴일에는 기 치료를 배우는 정 많고 씩씩한 중년의 여성. 원래는 죽음과 전혀 관련 없는 일을 했었다. 공증인 보조로 일을 시작했고 공부를 더 해 세무사 자격증을 땄다. 하지만 결국 유산 관리에 관심을 가져서 이 직업을 택하게 되었다.

돌아가신 분의 집에 들어가면 그녀는 그 분이 죽음을 준비했었는지, 그랬다면 얼마나 열심히 준비했는지 금방 알 수 있다고 했다. 그녀는 노인들을 두 부류로 나눈다. 한 부류는 사람을 믿지 못하고 자기 물건을 버리지 못하는 사람들이다. "집착, 집착, 또 집착하는 사람들이지요." 그런 사람들이 제일 겁내는 것이 도둑을 맞는 일이다. "그런데 역설적으로 가장 두려워하던 바로 그 일이 일어납니다. 돌아가신 후 간병인이나 가사 도우미, 경비, 친구들, 심지어 경찰까지 그들의 유품에 손을 대는 거지요." 그녀는 그런 경우를 자주 목격한다. 어떤 남성은 오랜 세월 동거하던 여자가 있었는데 돈 문제만큼은 절대 그녀를 믿지 못했다. 하지만 나이가 들어 병원에 입원할 수밖에 없는 처지가 되자 재산관리를 할 수 없게 되었다. 누이동생이 한 명 있었지만 외국에 살고 있었다. 어쩔 수 없이 동거하는 여자에게 재산관리를 맡겼고 그 남성이 사망하자 그 여자는 즉각 그의 전 재산을 팔아 도망쳐버렸다. 급히 귀국한 누이동생을 맞이한 건 텅 빈 집뿐이었다.

또 다른 부류는 살아생전에 물건을 차근차근 버리기 시작한다. "살을 빼고 몸을 줄이고 소유물도 줄입니다." 나이가 들면 중요한 것이 그리 많지 않다. 소유물도 마찬가지이다. 손님 접대를 할 일이 없으니 식기도 꼭 필요한 만큼만 있으면 된다. "정리정돈이 아주 잘 되어 있고 질서 정연하다는 인상을 풍기는 집들이 있습니다. 그런 집에는 팔 물건이 얼마 없습니다. 주인이 그 전에 이미 다 버렸기 때문이지요." 하지만 그녀의 경험상 물건 버리기는 긴 과정이다. "물건 버리기도 단계적으로 진행됩니다. 단계가 얼마나 진행이 되었는지는 집에 들어가보면 알 수 있지요. 책이나 비싼 도자기, 은촛대가 아직 많이 남아 있나? 아니면 버리거나 선물로 주었나?" 결국 인성의 문제인 것이다. "이런 부류의 사람들은 이웃의 도움도 흔쾌히 받아들입니다." 그래서 보통 혼자 집에서 숨을 거두기보다는 병원에서 사망하는 경우가 많다고 한다.

그녀가 일을 하면서 현장에서 배운 많은 사실들은 학문적 연구를 통해서도 이미 입증된 바이다. 예를 들어 고령의 노인들은 물질적인 것에 관심이 별로 없다. 죽음이 임박해지면 소유물과의 끈끈한 관계도 놓아 버리고 싶은 것이다. 노인학자 에드워드 셔면의 연구결과는 눈에 띄는 노화효과를 입증한다. 80세가 넘은 노인들은 소중하게 생각하거나 기억하고 싶은 순간을 상기시키는 물건이 많지 않다. 앞에서 설명한 대로 60~70세의 연령층에서는 중요한 역할을 하는 인생의 회고도 더 나이가 들면 의미를 잃기 때문인 듯하다. 실제 셔면의 실험에서도 고령의 노인들은 상대적으로 과거에 대한 관심이 적었다.

물건을 버리거나 나누어주는 행동은 노인들에게서만 목격할 수 있

는 현상이 아니다. 죽음이 임박한 모든 연령층의 사람들에게서 일반적
으로 나타나는 현상이다. 예를 들어 마지막 단계에 이른 에이즈 환자들
은 인간관계는 그대로 유지할지 몰라도 물건에 대한 관심을 거의 보이
지 않는다. 아이들의 경우도 치명적인 질병을 앓고 있고, 앞으로 살 날
이 얼마 남지 않았다는 사실을 알고 나면 장난감이나 보통 아이들이 좋
아하는 다른 물건들에 관심을 잃는다.

버리기와 나누어주기

밀러-마메로프가 정확하게 표현한 대로 물건 버리기
는 하나의 과정이다. 노인들은 자신의 보석이나 책, 기타 물건을 누구
에게 어떻게 나누어줄지 많은 고민을 한다. 작은 집으로 이사를 가거나
요양원으로 들어가게 되어 어쩔 수 없이 그렇게 해야 하는 경우도 있지
만 아끼는 물건을 건네줌으로써 자신의 일부를 나누어주고 그를 통해
죽은 후에도 자신의 삶이 계속되기를 바라는 마음도 있다. 애리조나 대
학교에서 마케팅을 가르치는 린다 프라이스Linda Price는 동료 두 사람과
함께 노인들이 자기 물건을 어떻게 나누어주는지 조사하였다.

55세에서 95세 사이의 남녀 노인 80명을 인터뷰한 결과 다양한 전략
이 동원되고 있음을 알 수 있었다. 유언장을 작성하여 자신이 죽은 후
자기 물건을 가져갈 사람을 미리 정해놓는 경우도 있었고, 생일이나 결

혼식 등을 계기로 미리 자기 물건을 선물로 주는 노인들도 있었다. 자녀나 손자들이 관심을 보일 때, 혹은 후손이 그 물건을 가져도 될 만한 나이가 되었을 때 준다는 노인들도 있었다.

앞에서 밀러 연구에 등장했던 클라크 씨 부부 역시 다양한 방법으로 물건을 나누어주었다. 한 번은 크리스마스에 집으로 찾아온 아이들에게 다락방에 보관해둔 장난감과 봉제 인형을 다 가져가게 하였다. 그러니까 예전 주인들에게 제 물건을 되돌려준 셈이다. 또 한 번은 아들, 딸들에게 나중에 물려받고 싶은 물건이 있으면 각자 다른 색깔의 스티커를 붙여놓으라고 일렀다. 늘 그렇듯 이 가족은 이런 이야기를 나눌 때에도 너무 진지해지지 않으려 애쓴다. 덕분에 농담을 섞어가며 즐거운 분위기에서 함께한 경험들을 떠올리고 "그러면서도 거의 공정하게 물건을 분배할 수 있었다."

물론 물건 배분이 항상 이 가족처럼 즐겁고 만족스럽게 진행되는 것은 아니다. 프라이스의 연구결과를 보면 질문을 받은 노인들 중 다수가 양립된 감정을 느꼈다고 대답했다. 즉 선물을 줄 수 있다는 자부심, 아끼는 물건을 정돈할 수 있어 다행이라는 안도감, 다른 사람들에게 즐거움을 준다는 만족감에는 극도로 부정적인 감정들이 섞여 있었다. 선물이나 유언장 때문에 자식들이 싸울지도 모른다는 불안감, 후손들이 자신의 물건을 홀대할지도 모른다는 걱정, 물건과 결합된 추억을 잃어버릴지도 모른다는 상실감, 나누어준 물건을 그리워할지도 모른다는 두려움 등이 바로 그것이다.

진짜 임자를 찾는 것도 쉬운 일이 아니다. 프라이스가 만난 노인들 중에는 루이라는 이름의 할아버지가 있었다. 평소 동전 수집을 좋아해서 수집책을 만들었는데 아들은 둘인데 수집책은 한 권뿐이었다. 평소 두 아들이 다 아버지에게 잘 했고 두 아들 다 동전을 모으고 있었다. "수집책을 나눌 수도 없고, 정말 누구한테 줘야 할지 모르겠어요." 할아버지는 어쩔 줄 몰라 했다. 아무도 관심을 가지지 않는 경우도 난감하기는 마찬가지이다. 아무리 전통이 깊다 해도 요즘 젊은이들이 얼마나 그런 옛날 식기, 가구, 기념품들을 좋아하겠는가. 유품이 아니더라도 이미 집 안은 물건으로 그득하다. 또 간섭받는 것 같은 느낌에 기분이 나쁠 수도 있다. 노인들이 물건을 선물하거나 물려줄 때는 가족 구성원들에게 영향력을 행사하려는 의도도 없지 않기 때문이다. 인류학자 그랜트 맥크라켄은 이렇게 말한다. "세심하게 고른 선물을 통해 가족 구성원들은 자신들에게 중요한 관념이나 가치관을 다른 세대의 삶으로 몰래 들여보내려고 노력한다."

다른 경우도 있다. 맥크라켄이 만난 한 할머니는 조각품과 인형을 좋아해서 수집하던 분이었다. 그런데 손자들에게 한꺼번에 주지 않고 몇 년에 걸쳐 한 개씩 수집품을 나누어주었다. 생일이나 기념일에 특별히 예쁜 인형이나 특이한 조각품을 한 개씩만 주었다. 그렇게 하면 손자들이 인형 모으는 재미를 느낄 것이고, 수집에 관심을 갖게 될 것이라는 계산이었다. 계산대로 된다면 훗날 그녀가 수집품을 유산으로 남겨도 손자들이 엄청 좋아할 것이 아니겠는가.

물론 전략적인 선물이 오히려 받는 사람에게 심한 압박이 될 수도 있다. 아버지가 아끼던 책, 할머니의 비싼 보석을 받으면 자신의 가치관과 설사 다르더라도 선물을 한 사람의 기대와 소망에 부응해야 한다는 압박감이 들 것이다. 선물 자체가 부담이 될 수도 있다. 우리 시아버지가 사는 오버바이에른의 휴양지 바이리쉬첼에는 낡은 구식 극장이 하나 있다. 아직도 가끔씩 영화를 상영하는데, 그 영화관에 얽힌 사연이 있다. 원래의 주인이 1954년 유서 깊은 농가에다 극장을 만들었다. 그리고 돌아가시면서 그 농가를 조카에게 물려주었는데 조건을 하나 붙였다. 반드시 영화관으로 사용해야 한다는 조건이었다. 그러나 지금 오버바이에른에 넘쳐나는 현대식 영화관과 멀티플렉스 영화관들을 생각하면 그 조건을 지키기가 얼마나 힘들지 다들 충분히 상상이 갈 것이다.

유족은 돌아가신 분의 물건을 어떻게 대하나

극장이라는 행운을 잡은 그 조카는 자신의 유산을 어떻게 생각할지 잘 모르겠다. 그렇지만 연구결과로도 알 수 있듯 많은 유족들은 돌아가신 분의 선물이나 유품을 반긴다. 아주 평범한 물건도 전혀 새로운 차원의 심오한 의미를 얻을 때가 있다. 나 자신이 직접 경험한 일이다. 아버지가 돌아가신 후 아버지가 쓰시던 가죽 노트는 나의 애장품이 되었다. 그 노트를 볼 때마다 나는 늘 조용하게 그 노트에 뭔가 끼적이시던 아버지가 눈앞에 떠오른다. 어떤 이는 돋보기를 볼 때마다 책을 좋아하던 형이 생각난다고 했고, 또 어떤 이는 낡은 정원가위를 볼 때마다 자연을 사랑하시던 할머니 생각이 난다고 했다. 그러니까 이 사람들은 세상을 떠난 후에도 물건을 통해 계속 살아 있는 셈이다. 캘리포니아 대학교의 사회학자 데이비드 언러David Unruh는 이렇게 말한다. "유족들은 일상적인 물건을 새롭게 해석하면서 죽은 사람의 정체성을 보존하고 나아가 새롭게 창조하려고 노력한다."

이런 재해석이 극단적인 경향을 띠는 경우도 있다. 많은 유족들이 물건을 죽은 사람의 인격화에 활용하는 것이다. 사진이나 책, 옷을 죽은 사람처럼 취급한다. 물건과 이야기를 나누고 같이 자고 같이 여행도 다닌다. 심지어 죽은 사람이 만지거나 이용했거나 직접 만든 물건을 성물처럼 귀하게 대접하는 일도 있다. 요제프 슘페터Joseph Schumpeter의 전기를 쓰기 위해 자료조사를 하던 중 나는 매우 충격적인 사실을 알게 되었다. 오스트리아 출신 미국 경제학자 슘페터는 젊은 아내를 비극적인 상황에서 잃은 후 그녀가 직접 쓴 기록에 대해 이상한 강박증을 보였다. 아내를 잃은 슬픔과 절망에 젖어 그녀의 일기장, 그에게 보낸 그녀의 편지를 계속해서 베껴 적었던 것이다. 별도로 노트를 마련하여 매일 정해진 분량을 베껴 적었다. 그래서 아내가 죽은 지 2년 반 만에 그마저 세상을 떠났을 때 그가 남긴 노트는 열 권이 넘었다. 현재 그 노트들은 하버드 대학교 문서실에 보관되어 있다.

죽은 자식의 방을 그대로 두는 부모, 죽은 스타의 옷가지나 장식품을 비싼 가격을 주고 사들이는 팬……. 이렇듯 죽은 사람의 물건은 다양한 방식으로 오래오래 후세대에 영향을 미칠 수 있다. 거꾸로 유가족이 죽은 사람의 물건을 얼른 처분해버리는 경우도 많다. 특히 옷을 많이 버린다. 나도 주변에서 배우자가 죽은 후 그의 옷이 걸린 옷장을 얼른 비우는 경우를 여러 차례 목격했다. 배우자가 죽은 지 며칠도 안 지났는데 말이다. 아마 사랑하는 사람의 옷을 만지거나 옷에 밴 채취를 맡을 경우 그 사람 생각이 나서 참을 수가 없기 때문일 것이다.

전혀 다른 이야기이지만 뮐러-마메로프 역시 어떤 사람의 유품 생각을 지금도 떨쳐버리지 못하고 있다. 한 할머니의 장신구들이다. 물론 그녀는 할머니의 반지도 목걸이도 자기 눈으로 본 적이 없다. 그 할머니는 집에서 사망했고 뮐러-마메로프는 그 집을 샅샅이 뒤졌다. 죽은 남편한테서 비싼 보석을 선물로 받았다는 정보를 입수했기 때문이었다. 그녀의 직감도 집 안 어딘가에 보석이 있다고 말했다. 하지만 세 번을 샅샅이 뒤졌지만 보석은 나오지 않았다. 그 집에 들어오기로 되어 있던 세입자가 초조하게 기다리고 있었다. 어쩔 수 없이 수색을 멈추었고 그로부터 1년이 흘렀다. 어느 날 문득 돌아가신 할머니의 친구가 전화를 걸어와서 그 보석이 어디 있는지 자기가 알고 있다고 말했다. 그 할머니가 부엌 싱크대 뒷벽에 직접 구멍을 파서 거기다 보석을 숨겼다는 것이었다. 그사이 집은 이미 수리가 끝났고 부엌 벽에는 새로 타일이 깔렸다. 세입자가 이사를 들어온 지도 한참이 지난 상황이었다.

어쩌면 친구의 주장이 틀렸을 수도 있다. 또 어쩌면 인테리어 업자가 벽에 타일을 붙이다가 보석을 발견하고 슬쩍 가져갔을지도 모른다. 어쨌든 뮐러−마메로프는 그 사건을 쉽게 잊지 못했다. 못 찾는 게 없기로 유명한 그녀가 아니던가! "심증은 있는데 찾지를 못하니 정말 괴롭더라고요. 한 번도 그런 적이 없었거든요."

그런 일이 두 번 다시 일어나지 않기를 그녀는 바란다. 그 사건 이후 그녀는 집을 수색할 때 모든 벽을 일일이 톡톡 쳐서 구멍이 있는지 살피는 버릇이 생겼다.

6장

할 말이 많은 물건:

물건이 주인을 말하다

1960년 9월 작가 존 스타인벡^{John Steinbeck}은 키우던 푸들 찰리를 데리고 미국 전역을 돌아다녔다. "진짜 미국"을 발견하고자 3개월 동안 특수 개조한 픽업 트럭을 타고 전국을 누볐던 것이다. 훗날 그는 이 여행 체험담을 『찰리와 함께한 여행』이라는 제목의 책에 담았다. 그 책에는 시카고 호텔방에서 겪은 일도 기록이 되어 있다.

스타인벡은 노독을 풀고 아내를 만나기 위해 미시간 호변의 대도시 시카고에서 하루를 묵어가기로 결정했다. 그런데 그가 너무 일찍 도착한 바람에 예약했던 방이 아직 체크인이 불가능한 상태였다. 그는 준비가 될 때까지 다른 방에서 기다리면 안 되겠냐고 부탁했고 호텔 측은 기꺼이 그의 뜻을 받들어 일찍 체크아웃을 한 다른 방을 내어주었다. 문제는 룸메이드가 아직 그 방을 청소하지 못했다는 것이었다. 하지만 여행에 지친 작가에게는 그런 것쯤은 아무 문제가 되지 않았다. 그는 어질러진 방에서 아무렇지도 않게 편히 쉬었다.

그런데 샤워를 하려고 옷을 벗는데 갑자기 그 전날 그 방에 묵었던 손님의 흔적이 눈에 들어왔다. 스타인벡은 그 손님에게 "론섬 해리"라는 별명을 붙여주었다. 몇 장의 세탁소 영수증, 빈 버번위스키 병, 쓰다 만 편지, 담배꽁초, 위장약과 두통약 껍데기……. 그는 그 물건들을 보면서 미지의 그 남자가 어떤 사람이었는지 상상하기 시작했다. 『찰리와 함께한 여행』에는 그와 관련하여 이런 구절이 있다. "짐승이 하룻밤을 묵었거나 지나간 자리에는 목이 부러진 풀 줄기와 발자국이, 혹은 암호가 남지만 하룻밤을 어떤 방에서 지낸 사람은 자신의 성격과 이력, 최근의 사연, 때로는 미래의 계획과 희망까지도 그 방에 눌러 쓴다. 한 사람의 인성이 어떤 식이든 벽에 침투하며 그것이 다시 빠져나가기까지는 많은 시간이 걸린다고 나는 생각한다. 그래서 나는 이 정돈되지 않은 방에 앉아 있었고 론섬 해리는 천천히 형체와 프로필을 취하였다. 나는 조금 전에 방을 나간 그 손님을 그가 남긴 흔적과 찌꺼기를 통해 거의 신체적으로 느낄 수가 있었다."

한 사람의 물건이 그의 감정과 사고 세계에 대해 많은 것을 알려준다는 직감은 존 스타인벡만의 것이 아니다. 소위 사물주의Chosisme의 문학 작품들은 온전히 이런 믿음에 기초한다. 조르주 페렉의 『사물들』 같은 소설들에선 등장인물들을 오로지 소유물을 통해서만 소개한다. 등장인물들이 무슨 물건을 장만하는지, 그들이 자신의 물건에 대해 어떻게 생각하며 어떻게 이용하는지를 묘사하면서 그들의 인성에 대해 누설하는 것이다.

고문서학과 범죄학의 세계 역시 소유물을 주인의 자아를 비추어주는 거울로 취급한다. 그렇지 않고서는 고고학자들이 발굴한 무덤을 보고 무덤 주인이 어떤 사람이었는지 추측하고, 형사들이 죽은 피해자의 정체성을 그가 쓰던 물건을 통해 재구성하려는 이유가 설명되지 않는다. 1942년 5월, CIA의 전신이 적국에 파견할 스파이를 선발하기 위해 특수 테스트를 개발하였다. 소위 소유물 테스트였다. 옷가지나 기차 시간표, 영수증 등 어떤 사람의 침실에서 발견된 몇 가지 물건만 보고 그 사람이 어떤 사람이었는지 프로필을 작성하는 것이다.

유산관리인 밀러-마메로프 역시 소유물을 보고서 주인이 어떤 사람인지 추측할 수 있다고 확신한다. 어린 시절의 추억, 공포, 정신 질환, 정치 성향, 주변 사람들과의 관계, 성적 취향, 소망과 꿈까지 그 모든 것을 그가 남긴 물건만 보아도 알 수 있다는 것이다. "시신이 발견된 집에 가서 조사를 하고 나면 살아생전 한 번도 본 적 없는 사람인데도 돌아가신 분에 대해 내가 오히려 그 가족들보다 더 많은 것을 알게 됩니다. 가족들도 그렇다고 인정을 하지요."

매력적이지만 동시에 불안을 조장하는 상상이다. 내가 모은 물건을 통해 내가 누구인지를 주변에 알린다! 만화영화를 보면 물건들이 살아서 움직이거나 말을 한다. 밤이 되면 침대에서 손과 발이 자라나서 주인에게 장난을 걸고 냉장고는 자기 속이 엉망진창이라고 큰소리로 불평을 털어놓는다. 어쩌면 이런 만화영화가 옳을지도 모른다. 어쩌면 침대와 냉장고가 주인을 소개하고 주인을 폭로할 수 있을지 모른다. 만화영화처럼 소란스럽지는 않겠지만 우리의 물건들은 아주 교묘하게 주변 사람들에게 주인의 개인적인 측면들을 알리고 있다.

어떤 물건을 갖고 있는지 말하면
네가 어떤 사람인지 말해줄게

물건의 메시지에 정통한 전문가를 꼽으라면 단연 앞의 4장에서 언급했던 심리학자 샘 고슬링을 들 수 있겠다. 영국에서 태어난 그는 현재 텍사스 대학교에서 학생들을 가르치고 있다. 그의 전문 분야는 스누폴로지Snoopology이다. 이 단어는 그가 직접 만든 개념으로 영어 스눕은 "염탐하다"라는 뜻이다. 약 15년 전 학문의 길을 걷기 시작한 이후 그는 쭉 우리의 물건이 우리의 인성에 대해 무엇을 말하는지, 다른 사람들은 그 메시지를 얼마나 이해할 수 있는지를 연구하였다. 그리고 대학에서 가르치는 학생들의 도움을 받아 이 문제의 가능한 모든 측면을 검토하였다. 침대 밑과 장롱 안까지 샅샅이 뒤졌고 즐겨듣는 음악과 포스터를 살폈으며 대학생들의 숙소를 찾아가고 사무실의 책상들을 뒤졌다. 심지어 악수나 페이스북 프로필, "직접 고른" 이

메일 주소처럼 비물질적 "소유물"의 발언까지도 분석하였다.

고슬링의 이런 연구 방식은 큰 관심을 불러일으켰다. 미국 언론은 수많은 기사에서 그의 연구를 소개하였고 라디오와 TV 프로그램들도 그를 초빙하였다. 2008년에 나온 그의 책『스눕Snoop』은 과학저널 〈뉴 사이언티스트〉가 선정한 올해의 책으로 뽑혔다. 한 비평가는 그를 "잡동사니의 셜록 홈즈"라고 치켜세우기도 했다. 그는 버클리의 캘리포니아 대학교에 다니던 학생 시절 이미 실험을 실시했다. 실험 참가자들에게 모르는 사람의 침실이나 사무실을 탐사하라고 시켰다. 결과는 놀라웠다. 한 사람의 방을 정찰하기만 해도 그의 인성에 대한 심오한 통찰이 가능했기 때문이다.

『스눕』에서 고백했듯 그는 갑작스럽게 언론의 총아로 부상하게 되어 무척 당혹스러워했다. 하지만 따지고 보면 대중의 관심도 놀랄 일은 아니다. 여자 동료의 책상에서 잔뜩 모아놓은 피규어들을 발견하고 그녀의 성격이 꼼꼼할 것이라는 생각을 해보지 않은 사람이 누가 있겠는가? 클럽에서 만난 여자의 침실 인테리어를 보고 그녀의 성격을 짐작하거나 친구 집의 욕실을 보고 그녀의 성격을 추측해보지 않은 사람이 어디 있겠는가? 그러니 이런 연관관계를 학문적으로 연구한 심리학자는 당연히 정당성을 얻는다.

고슬링은 스누폴로지의 가장 유명한 대표주자이긴 하지만 최초의 학자는 아니다. 이미 1940년대와 1950년대에 여러 학자들이 소유 물건과 그 물건의 주인에 대한 다른 사람들의 생각이 어떤 연관성을 가지는지 연구하였다. 예를 들어 우리가 낯선 사람을 입은 옷이나 어떤 차를 타고 다니느냐에 따라 다르게 평가한다는 사실을 밝혀냈다. 또 가상의 쇼핑 목록을 보여주며 그 구매자가 어떤 사람일지 물어보았다. 1970년대 말에는 러셀 벨크가 소위 형사의 방법을 개발하였다. 320명의 실험 참가자들에게 경찰이 발견했다는 배낭의 내용물을 보여주면서 주인의 성격을 짐작해보라고 시켰던 것이다. 결과는 흥미로웠다. 비싼 배낭을 보았을 때는 주인이 돈이 많을 것이라는 대답으로 그치지 않았다. 상상력을 동원해 주인의 개인적 특성들 —성공을 했다, 관대하다, 책임감이 있다, 매력적이다—까지 추측하였다. 하지만 소박한 배낭의 주인에게는 그런 긍정적인 특성들을 거의 부여하지 않았다.

1980년대와 1990년대에 미국 심리학자 제프리 버로스Jeffrey Burroughs는 거기서 한 걸음 더 나아가 중립적인 관찰자가 소유물을 근거로 내린 판단이 물건 주인의 자기 평가와 얼마나 일치하는가를 조사하였다. 일련의 실험을 바탕으로 내린 그의 결론은 놀랄 만큼 일치한다는 것이었다. 한 가지 것 —가장 대표적인 옷차림, 좋아하는 CD 10장, 집 안에서 좋아하는 구역의 사진—만 본 관찰자도 주인의 인성을 매우 정확하게 평가할 수 있었고, 그 평가는 주인의 자기 평가와 지극히 닮았던 것이다.

외모만 보고 한 사람을 평가할 수 있는지를 조사한 연구도 있다. 대학생들에게 낯선 사람의 사진이나 동영상을 보여준 후 그의 인성을 추측하게 하였다. 특히 옷차림이 인성 특징의 판단에 매우 중요한 지침이었다. 예를 들어 사교성이 좋은 사람은 유행에 민감하고, 성실한 사람은 프로의 냄새가 풍기는 점잖은 옷차림을 선호하며 개방적인 사람은 특이한 패션을 좋아한다. 바로 이런 연관관계를 실험 참가자들은 정확히 인식하고 있었다.

매력적인 사물의
언어

그러므로 스누폴로지는 일정 정도 전통이 있는 심리학의 한 분야이다. 하지만 고슬링의 연구결과들은 이 분야에서도 단연 가장 광범위하고 독창적인 작업에 속한다. 그는 8명의 "스파이"—실제로는 대학생들—를 부동산 회사, 광고 회사, 비즈니스 스쿨, 건축 사무소, 은행으로 파견하여 총 69개의 사무실을 둘러보게 하였다. 또 다른 실험에서는 78개의 침실 —솔직히 말하면 대학생 숙소—을 염탐하게 하였다. 두 실험 모두 염탐꾼들의 과제는 동일했다. 최대 15분 동안 방 안을 살피면서 미지의 주인의 인성을 추정해보라는 것이었다.

그런 다음 그는 그들에게 심리학에서 다섯 가지 요인 모델 혹은 빅 파이브 모델이라고 부르는 특징들을 구체적으로 질문하였다. 그 다섯 가지 요인은 다음과 같다.

외향성/내향성 : 방의 주인이 사교적이고 사람을 좋아하는가? 아니면 소극적이고 혼자 있기를 더 좋아하는가?

신경성(정서적 안전성) : 그가 겁이 많고 흥분을 잘하거나 쉽게 불안을 느끼는가? 아니면 자의식이 강한가?

개방성 : 그가 상상력이 풍부하여 계속 새로운 것을 시험하는가? 아니면 틀에 박힌 방법과 예측 가능한 것을 더 선호하는 가?

친화성 : 믿을 수 있는 사람인가? 못 믿을 사람인가? 평소 친절한가? 늘 기분이 나쁜가?

성실성 : 완벽주의자이자 탁월한 조직능력을 갖춘 사람인가? 질서와 정확성을 크게 중요시하지 않는가?

스파이들이 어떤 방법으로 염탐을 할지는 전적으로 그들에게 일임하였다. 무엇을 살펴야 하는지, 어떤 물건을 정확히 보아야 하는지 같은 구체적인 지시 사항이 없었다. 다만 물건을 만져서는 안 되었다. 또 방 주인의 사진이나 이름은 일부러 볼 수 없도록 가렸다. 이와 나란히 방 주인에게도 스스로 생각하는 자신의 인성 특성들을 물었고 가까운 사람 2명에게도 그와 관련하여 의견을 구하였다.

이 염탐꾼들은 사무실의 실내 장식만 보고 얼마나 그 사무실 주인의 인성을 추측할 수 있었을까? 한 번도 개별적으로 접촉한 적이 없었고 사무실을 살펴본 시간이 매우 짧았다는 사실을 고려한다면 성적은 상당히 좋았다. 많은 부분에서 평가가 일치하였을 뿐 아니라 매우 정확하였다. 특히 성실성과 개방성 부문에서 점수가 높았다. 그들의 판단이 얼마나 정확했으면 고슬링은 이런 결론을 내렸다. 한 번도 본 적 없는 어떤 사람이 얼마나 성실하고 개방적인지를 알고 싶으면 그의 친구들에게 물어보기보다는 그의 책상이나 침실을 살펴보는 편이 더 낫다. 심지어 직접 만나는 것보다 염탐을 하는 편이 오히려 더 많은 것을 알아낼 수가 있다.

두 독일 심리학자가 얼마 전에 실시한 자동차에 관한 연구결과를 언급하고 넘어가야겠다. 모르는 사람의 사진을 보고 그가 어떤 차를 모는지 알 수 있을까? 게오르크 알페르스Georg Alpers와 안테 게르데스Antje Gerdes (두 사람 다 현재 만하임 대학교에 재직 중이다)는 4일 동안 한 휴양지에 머물면서 차를 잠시 정차시킨 운전자에게 그와 그가 모는 차의 사진을 찍어도 좋겠느냐고 물었고 60명이 이들의 실험에 동조하였다. 남녀, 초보자, 노인, 휴가를 즐기는 사람, 직장인 등 각양각색의 사람들이 참여했고, 차종도 소형차에서 SUV, 비싼 외제차에 이르기까지 매우 다양하였다. 두 학자는 이들의 사진을 20명의 중립적인 관찰자에게 보여주었다. 이때 항상 3장의 사진을 제시하였다. 한 장은 운전자, 두 장은 자동차 사진이었다. 그럼 관찰자는 그 운전자가 두 종의 자동차 중 어떤 차를 소유하고 있는지 알아맞히는 문제였다. 놀랍게도 이들 20명의 성적이 매우 좋았다. 41명의 운전자가 소유한 차를 알아맞혀서 적중률 70퍼센트를 자랑하였던 것이다.

이 놀라운 적중률에는 두 심리학자도 놀랐다. 또 다른 학자들은 개와 개 주인의 사진, 부모와 자식의 사진으로 비슷한 실험을 실시하였다. 이 실험의 참가자들도 짝짓기를 잘했지만 알페르스와 게르데스의 실험 참가자들보다는 눈에 띄게 성적이 낮았다. 두 사람은 이런 결론을 내렸다. "흥미롭게도 개나 아기와 같이 살아 있는 존재보다는 자동차가 더 주인을 찾기가 쉬운 모양이다." 아무래도 자동차는 주인이 자유롭게 선택할 수 있기 때문에 주인의 인성이나 가치관, 생활 스타일에 대해 더 많은 정보를 전달할 수 있을 것이다.

스누폴로지의 연구결과는 스타인벡이 직관적으로 알아차렸던 사실들을 입증하였다. 한 인간의 인성은 원하던 원치 않던 물질세계에 흔적을 남긴다. 그러므로 그 흔적을 읽을 줄 알면 그 주인에 대해서도 많은 것을 알 수 있다. 옷과 자동차, 실내 장식, 사무실 책상, 심지어 쓰레기조차 한 사람의 인성에 대한 역 추론을 가능케 한다. 우리의 소유물은 우리의 생각과 소망, 공포와 특성에 대해 상당히 많은 말을 할 수 있고 많은 것을 폭로할 수 있다.

이쯤 되면 독자들도 한 번 염탐꾼으로 나서볼까 하는 생각이 들 것이다. 그런데 염탐을 하자면 먼저 물건들이 쓰는 언어를 알아야 한다. 고슬링은 사물이 전달하는 메시지의 종류를 3가지로 분류한다.

"나는 이것이다" : 우리의 물건은 우리의 정체성을 표현한다. 예를 들어 영적인 사람들은 불상이나 명상용 초를 집에 고이 모셔놓았을 것이고 운동을 좋아하는 사람은 상장과 메달, 트로피를 보물단지 취급할 것이다. 고슬링은 이를 정체성 증언이라 부른다. 그중 많은 수는 자아에 대한 메시지다. 물건 주인이 스스로의 이미지를 강화하고 지원하는 데 이용되므로 이런 물건들은 주로 침실이나 다른 사람들이 함부로 드나들 수 없는 공간에 자리하고 있다.

그렇지만 타인을 향한 메시지도 있다. "나는 다른 사람들한테 이런 사람으로 보이고 싶어"라고 말하는 물건들이다. 가장 좋은 예가 사무실 바깥쪽 문에 붙여놓은 포스터이다. 정작 사무실 주인은 볼 수가 없다. 이런 물건의 메시지는 함부로 믿으면 안 된다. 위장을 위해 의도적으로 사용한 경우가 많기 때문이다. 시간을 두고 메시지의 진위를 살피는 것이 좋다.

"나는 이렇게 느낀다/ 느끼고 싶다": 그렇지만 우리 주변을 살펴보면 정체성을 전달하는 물건보다는 자신의 감정을 특정한 방향으로 이끄는 물건들이 더 많다. 실내 장식의 색상, 수량, 형태는 주인의 감성적 욕구에 대해 많은 것을 알려줄 수 있다. 따뜻한 사람인지, 냉철한 성격인지, 차가운 사람인지, 넓은 공간을 좋아하는지, 공간을 꽉 채워야 마음이 편안한 사람인지를 말해주는 것이다. CD나 MP3도 이런 관점에서 시사하는 바가 많다. 음악은 중요한 감정조절 장치 중 하나이기 때문이다. 항상 클래식 음악만 듣는 사람은 펑크록의 골수팬과는 기본 정서가 다를 것이다. 마틴 루터 킹의 사진이나 피카소의 평화의 비둘기 같은 그림은 거꾸로 정서적 불안을 암시한다. 고슬링은 불안한 사람들은 근심과 어두운 생각을 막는 방어조치로 그런 벽장식을 이용한다고 주장한다.

“나는 이것을 한다” : 활동은 흔적을 남기는 법, 사교성이 좋은 사람은 사무실에 많은 사람이 앉을 수 있는 자리를 마련해두거나 집 지하실을 포도주로 꽉 채워놓을 것이다. 산더미처럼 쌓인 연극 팸플릿은 예술 애호가의 증거일 것이다. 가끔은 정말 의외의 장소에서 그런 흔적이 발견될 때도 있다. 고슬링이 만난 한 노련한 자동차 기계공은 브레이크를 보면 운전자가 얼마나 겁이 많은지 알 수 있다고 말했다. 신중한 사람들은 계속 브레이크에 발을 얹어놓고 있기 때문에 그 부분이 과도하게 닳는다는 것이다.

“염탐”의

안내서

그러므로 한 사람의 소유물이 내는 소리는 여러 가지 음성이 뒤섞인 합창이다. 정체성 증언, 감정조절장치, 행동의 흔적들이 한꺼번에 노래를 부르기 때문이다. 그래도 훌륭한 염탐꾼이라면 그 많은 소리를 한 귀로도 척척 알아맞혀야 한다. 누구나 금방 이해할 수 있는 메시지들도 많다. 꼼꼼하게 정돈된 사무실은 주인의 성실함을 말해준다. 독창적인 인테리어, 다양한 장식과 각양각색의 책과 음악은 당연히 개방적이고 호기심이 많은 주인의 작품이다.

하지만 언제나 그렇게 소유물의 언어를 쉽게 해독할 수 있는 것은 아니다. 예를 들어 침실 인테리어를 보고 그 집주인이 정서적으로 안정되어 있는지 불안에 떠는지 어떻게 알 수 있단 말인가? 무엇을 봐야 그 사무실 주인이 기분이 나쁘다는 것을 알 수 있을까? 게다가 귀찮은 방해꾼 "소음들"이 섞여있을 수 있다. 우연히, 혹은 아주 잠깐만 가지고 있는 물건이 있을 것이고, 그런 물건들은 주인에 대해 알려주는 바가 거의 없다. 한 젊은 여성의 침실 탁자에 놓인 시몬드 드 보부아르의 책은 그녀가 페미니즘에 동조한다는 의미일까? 그냥 프랑스 문학 수업에 리포트를 제출하기 위해 읽는 것일 수도 있다. 사무실 책상에 놓인 고무오리는 사무실 주인의 유아적 취향을 의미할 수도 있지만 그 회사가 고무오리 제조 회사일 수도 있고, 부장님이 크리스마스 선물로 고무오리를 나누어주었을 수도 있다.

그러므로 염탐의 주요 규칙 중 첫 번째는 여러 가지 생활 및 업무 분야를 넘어서는 일관된 모델을 찾아야 한다는 것이다. 그러자면 첫인상을 과대평가하지 말아야 한다. 즉각 눈에 띈 물건이 전체적인 인상을 지배하여 그릇된 길로 인도할 수 있다. 때문에 범죄학자들은 현장을 조사할 때 "아우성치는" 물건들뿐 아니라 나직이 속삭이는 물건들의 소리까지 다 들릴 때까지 잠깐 시간을 두고 기다린다. 그래야 첫인상에 휘둘리지 않고 중요한 추가 증거들을 포착할 수가 있다. 벨기에의 형사 에르쿨 포와로의 방식을 따서 고슬링은 이것을 벨기에식 방법이라고 부른다. 결국엔 전체적인 인상을 포착하는 것이 중요한 것이다. 아주 간단한 예를 들어보자. 어떤 사람의 집에서 꽃으로 장식된 플라스틱 성모상이 발견된다면 대부분의 사람들은 당연히 집주인이 독실한 가톨릭 신자라고 생각할 것이다. 실제로 더 둘러보면 그 집에서 성경책이나 십자가, 교황의 사진 등이 발견될 확률이 높다. 그렇지만 스노글로브나 골프 사진, 백설 공주의 난쟁이 인형 등이 발견된다면 그 집주인이 신앙심이 깊은 신자보다 키치의 애호가일 확률이 훨씬 높다.

유타 대학교의 캐롤 워너Carol Werner는 몇 년 전 크리스마스 장식에 관한 재미난 실험을 실시하였다. 솔트레이크시티를 돌아다니다가 화려하게 장식을 한 집이 있으면 사진을 찍고 "그 집 안주인"—집 장식은 대부분 여성이 담당한다는 가정 하에—과 면담을 하였다. 그리고 그중 16명의 여성을 설득하여 친화성 정도를 측정하는 심리 검사를 실시하였다. 그 후 중립적인 관찰자에게 집 사진을 보여주고 안주인의 사교성 여부를 추정해보라고 부탁했다. 다들 어렵지 않을 것이라고 생각했다. 하지만 많은 숫자가 정답을 맞히지 못했다. 개방적이고 사교적인 느낌을 풍기는 집일수록 그 장식을 맡은 안주인은 사교적이지 못했다. 평소 사람들과 접촉을 잘 하지 않는 여성들일수록 높은 친화성을 과시하는 장식을 선택했던 것이고, 평가를 내린 사람들은 실제로 그 위장 전략에 걸려든 것이다.

크리스마스 장식만의 문제가 아니다. 거실이나 사무실처럼 사람들이 많이 드나드는 장소일수록 특정 이미지를 상징하는 물건들이 많이 발견된다. 때문에 두 번째 규칙은 이러하다. 훌륭한 염탐꾼은 쉽게 현혹되지 않을 증거를 찾아야 한다. 책상 정리는 상대적으로 짧은 시간 안에 해치울 수 있다. 급할 땐 큰 서랍을 열고 모조리 다 쓸어 넣으면 된다.

그렇지만 앨범에 한 장씩 사진을 꽂아 넣고, 색깔별로 맞추어 물건을 정리 정돈을 하려면 시스템과 끈기가 필요하다. 정말로 성실한 사람이 아니면 할 수 없는 일이다. 서로 모순되는 증거들에 주의하는 것도 유익하다. 사무실은 깔끔하게 정리해놓았으면서 집에 가보니 돼지우리라면 그 주인의 질서감각은 외부로 보여주고자 하는 것보다 현격하게 떨어진다고 보면 된다.

또 하나 까다로운 문제가 있다. 바로 고정관념이다. 우리 모두는 자신도 모르는 사이 사회 집단의 견해에 영향을 받는다. 가장 좋은 예가 남녀의 차이에 관한 생각들이다. 보통 사람들은 "여성이 남성보다 친절하다", "여자는 감정의 동물이다"라고 생각한다. 또 좋아하는 음악에 따라 성향도 다르다고 생각한다. "하드록"의 팬은 공격적이고 술을 많이 마실 것이고, "팝 음악" 애호가는 깊이가 없고 보수적이라고 생각한다. 물론 이런 고정관념들이 현실을 상당히 정확하게 반영하는 측면이 없는 것은 아니지만 자칫하면 올바른 판단력을 흐릴 수 있다는 데 문제가 있다. 고정관념이 전혀 다른 결과를 낳을 수가 있는 것이다.

때로는 고정관념을 따를 때가 유익할 때도 있다. 고슬링의 스파이들은 침실 주인의 정서적 안정성에 대해 놀랄 정도로 정확한 판단을 내렸다. 처음엔 고슬링도 그 이유를 알 수가 없었다. 어떤 물건, 어떤 증거를 보고 그 방 주인이 자신감이 있는지, 아니면 불안에 떠는지 알아낼 수 있단 말인가? 그러다 문득 번개처럼 스치는 생각이 있었다. 실험 참가자들이 성별에 관한 고정관념을 이용했던 것이다. 첫째, 앞의 4장에서도 살펴보았듯 방의 실내 장식을 보고 방 주인의 성별을 알아내는 건 어려운 일이 아니다. 둘째, 여성을 감정의 동물로 보는 시각은 옳다. 심리 테스트를 해보면 여성의 신경증 수치는 평균적으로 남성보다 훨씬 높다. 그러므로 여성의 방이라는 추측에서 그 방의 주인이 상대적으로 감성적인 주인일 것이라는 결론을 이끌어내는 과정은 대체적으로 옳은 것이다. 하드록 팬에 대한 고정관념도 연구결과로 입증된 사실이다. 그러니까 레드 제플린이나 반 헤일런의 CD를 잔뜩 모아놓은 사람은 실제로도 흥분을 잘하고 맥주를 한 캔 이상 마실 확률이 높은 것이다.

그렇지만 바로 그런 고정관념이 판단의 오류를 낳을 수도 있다. 염탐 실험에서 상대적으로 친화성 부분의 적중률이 낮은 이유도 실험 참가자들이 "여성의 공간"에서 곧바로 친절하고 다정한 주인을 예상하였기 때문이다. 임의추출 실험결과 여성은 남성과 똑같이 친화적일 수도, 아닐 수도 있다. 팝 음악 CD를 많이 모았다고 해서 반드시 보수적이고 깊이가 없을 이유가 없는 것과 같은 이치이다. 좋아하는 음악의 장르에서 곧바로 당사자의 인성을 추론할 수 없다는 소리다.

그렇지만 고정관념이 적합한지 아닌지를 어떻게 판단하나? 매우 타당한 질문이다. 가장 손쉬운 방법으로 고정관념에 대한 전문 서적을 읽어볼 수 있겠다. 그렇지만 모두가 그럴 시간과 의욕이 있는 것은 아닐 터이니 일단 자신의 고정관념을 비판적인 시선으로 살펴보는 것부터가 하나의 방법이다. 나의 직감이 고속도로 휴게실의 사이드 테이블에 앉아 있는 저 남자가 속물이라고 속삭인다. 이럴 땐 그 직감에 어디서 왔는지 물어야 한다. 아, 그가 오펠을 모는데다 바덴-뷔르템베르크 출신이라는 사실을 내가 알았던 것이구나! 오펠을 모는 슈바벤 지방 남자가 속물이라는 것은 세상이 다 아는 사실이다. 이렇듯 고정관념의 뒤를 한 걸음 한 걸음 추적하다보면 그것의 배후를 캐낼 수가 있다. 그리고 스스로 묻게 될 것이다. 이런 생각이 정말 맞을까? 이런 생각이 저 남자한테도 통할까? 여자가 보통은 남자보다 더 감상적이지만 그렇다고 해서 지극히 이성적인 여자가 세상에 아예 존재하지 않는다는 말은 아니다. 조금 더 자세히 관찰해보면 사이드 테이블의 저 남자가 ―트럭에 붙은 스티커에서 알 수 있듯― 아마추어 연극단의 단원이며 공자와 파라마한사 요가난다크리티 요가의 거장에 관한 책을 가지고 다닌다는 것을 알 수 있다. 한 걸음 더 나아가 그와 대화를 나누어보면 그가 풍력발전소에서 기술자로 일하다가 사고로 직장을 그만두었고 지금은 동양철학과 즉흥극에 관심이 많다는 사실을 알 수 있다. 자세히 살펴보기 전에는 그가 그런 사람일 줄 누가 알겠는가?

이 책을 쓰기 위해 자료 조사를 하기 시작한 이후 나는 틈날 때마다 염탐을 시도해보았다. 그리고 물건들이 정말로 매력적인 언어로 이야기를 건넨다는 사실을 알게 되었다. 안타깝게도 그 언어를 언제나 쉽게 이해할 수 있는 것은 아니다. 때로는 너무 목소리가 작고, 때로는 거짓말을 하며, 알아듣지 못할 사투리를 쓰기도 한다. 그렇지만 물건들의 어휘와 문법만 잘 익히면 그 주인에 대해 정말 많은 것을 알 수가 있다.

내 경험상 특히 많은 정보를 담은 공간이 침실이다. 가장 사적인 이

공간의 특별한 분위기와 물건들은 때로는 그 주인이 직접 말로 들려주는 자신의 이야기보다 더 많은 것을 말해준다. 냉장고 역시 할 말이 많다. 유기농 제품만 들어 있는 냉장고, 고기가 잔뜩 들어 있는 냉장고, 약이나 화장품 말고는 텅 빈 냉장고는 각기 다른 이야기를 들려줄 것이다. 일주일에 한 번 반드시 청소를 하는지, 5년에 한 번 겨우 치울까 말까 한지도 관건이다. 그런 세세한 부분이 한 인간의 인생철학과 습관에 대해 많은 것을 말하는 것이다.

고슬링은 쓰레기도 유심히 살펴보라고 충고한다. 쓰레기통이야말로 한 사람의 인격적 측면을 탐구하기 위해 가장 고마운 장소 중 하나라고 말이다. 경찰이 범행을 조사할 때 쓰레기통과 휴지통의 내용물을 확보하는 것도 다 그런 이유이다. 유명한 음악가나 배우의 팬들 역시 우상의 쓰레기를 뒤지면 그에 대해 모든 것을 알아낼 수가 있다. 예를 들어 미국 여가수 셰어의 숭배자였던 해리슨은 여가수의 쓰레기통을 샅샅이 조사한 적이 있었고 나중에 이런 말을 했다. "그녀의 온 세상을 내 손에 넣은 것 같았다." 심지어 그녀의 쓰레기를 "그녀의 영혼으로 가는 창문"이라 불렀다. 고슬링 역시 쓰레기통의 정보력에 대해 확신한다. 쓰다 만 편지, 찢은 편지, 영수증, 약 포장지, 추려낸 그림은 얼른 보아서는 알 수 없는 한 인간의 여러 가지 측면을 밝혀줄 수 있다. 쓰레기는 정직하다. 아무리 이미지 관리에 힘쓰는 사람도 쓰레기는 조작하지 않는다. 고슬링은 말한다. "합법적으로 한 사람의 쓰레기를 뒤질 기회가 있다면 반드시 그 사실을 확인해보라."

‘재미있군, 그렇지만 전문가의 충고라고 무조건 다 따를 수야 없지.’

물론 그 생각도 옳다.

7장

왜 물건을 수집할까:

열정과 강박 사이

고백을 하자면 처음 이 책을 구상할 때는 이런 제목의 장이 없었다. 수집이라는 말을 떠올리는 순간 어린 시절 내가 갖고 다니던 약간 더러워진 난쟁이 인형들, 고리타분한 우표수집가 협회 회원들, 살아 있는 동료들의 가벼운 날갯짓을 완벽하게 잃어버린 박제된 나비가 먼저 떠올랐으니 말이다. 한마디로 이 주제는 나의 관심을 끌지 못했다. 그러던 것이 돌변했다. 수집의 열정은 인간의 소유 태도 중에서도 가장 다층적이고 복잡한 현상 중 하나이다. 나아가 소유자의 극단적 형태인 수집가의 심리를 들여다보면 수집을 하지 않는 사람들을 이해하는 데에도 큰 도움이 된다고 확신한다.

롤프 야코비Rolf Jacobi를 만난 것은 큰 행운이었다. 그를 만난 후 완전히 가시지 않던 수집에 대한 의구심을 완전히 털어버릴 수 있었으니 말이다. 기업을 경영하다 은퇴한 그의 개인 박물관에 발을 들여놓는 순간 나는 마치 마법의 세계로 소풍이라도 온 것 같았다. 박물관이 있는 쾰른 뮌거스도르프 시구의 리니허 슈트라세는 거리 자체만 보면 매우 차가운 분위기다. 한쪽은 허름한 단독주택들이 늘어서 있고 다른 쪽은 주차장을 갖춘 큰 공장 건물에 설탕 공장과 자연식품 공장이 들어가 있다. 가까운 고속도로의 소음도 들려온다. 하지만 1월의 구름 낀 일요일 오전 야코비의 자동 악기 박물관에 들어선 나의 표정은 서커스를 보러간 어린아이와 다를 바가 없었다.

박물관은 야코비 가족이 사는 큰 집 정원에 따로 마련된 별채였다. 19개의 작은 방에 수백 개의 오르골, 자동 피아노, 피리 시계musical clock, 오케스트리온악단이나 오케스트라를 흉내 낼 수 있는 기계, 손풍금barrel organ들이 줄을 지어 진열되어 있었다. 백 년이 넘은 보물도 적지 않았지만 모두가 정성을 들여 수리를 해놓았기 때문에 야코비의 친구인 박물관 관리인의 자랑처럼 거의 모든 악기가 연주 가능했다. 그가 악기를 차례로 건드리자 온갖 음색과 강도를 가진 소리가 박물관 전체로 퍼져 나갔다.

야코비도 직접 시연에 참가했다. 그는 고령의 노인이었다. 척 봐도 고령인 것을 알 수 있었다. 여든 살 노인의 얼굴에서는 아무리 잠을 자도 풀리지 않는 노인 특유의 피곤이 묻어났다. 귀도 잘 안 들렸고 지팡이와 에스컬레이터의 도움을 받아야 겨우 이동을 할 수 있었다. 하지만 수집품 사이를 움식이는 그는 순식간에 몇십 년은 더 젊어진 것 같았다. 눈은 애정이 넘치는 자부심으로 반짝였고 방문객의 감탄사에 어린아이처럼 기뻐했다. 그는 전문가다운 식견을 뽐내며 악기의 역사와 작동 방식을 설명했다.

악기마다 다 나름의 스토리가 있었다. 예를 들어 천장까지 닿는 큰 기계 "포노리츠트 비올리나Phonoliszt Violina"는 최초로 바이올린 연주를 자동화한 기계이므로 전문가들 사이에서 자동 악기의 8대 기적으로 통한다. 그는 그 기계를 1960년대 친구로 지내던 한 목수의 정보 덕분에 베스터발트의 한 마을 술집에서 발견하였다. 악기는 오랜 세월 그곳에서 술꾼들의 사랑을 받았지만 늦은 밤까지 술꾼들의 시중을 들어야 했던 술집 딸은 그 기계를 엄청 미워했다. 야코비가 구입할 당시에는 연주도 되지 않았다. 악기를 사던 그날 그는 바로 목수 친구에게 전화를 걸었다. 친구는 며칠 후 제조사에서 악기 제조를 배웠다는 고령의 스위스 악기 기술자를 찾아냈다. 야코비는 그를 설득하여 쾰른으로 데려왔고, 야코비의 어머니 집 차고에서 그가 4주 동안 힘들게 고생한 끝에 마침내 악기는 소리를 내게 되었다. 현재 그 기계는 전 세계에서 25대밖에 안 남은 희귀한 자동 바이올린이다. 그의 수집 인생의 최고봉이라 부를 수 있는 악기이다.

야코비의 수집 열정은 일생의 동반자였다. 그는 내게 그의 집 거실에서 커피를 마시며 그의 수집 열정은 어머니의 선물이 발단이었다고 털어놓았다. 어릴 때부터 음악과 기계에 관심이 많았는데 열여섯 살 되던

해 어머니가 아들의 취향을 알고 작은 함석판 피리 시계를 선물로 사주었던 것이다. 그는 그만 그 기계에 홀딱 빠지고 말았다. 모든 인간은 자신에게 맞는 것을 찾아 헤매는 법인데 그에게는 그 악기가 바로 그 임자였다. 그렇게 해서 하나 둘 사 모은 것이 이렇게 큰 박물관으로 성장하게 된 것이다.

주변 반응은 냉랭했다. 고개를 저었고 조롱을 했다. "다들 내 수집품을 쓰레기 취급했고 나를 미친놈이라고 욕했다오." 그러나 야코비는 흔들리지 않고 계속 악기를 모았다. 그러는 사이 결혼을 했고 형과 함께 부모님의 기업을 물려받았다. (아버지는 그가 열두 살일 때 러시아에서 돌아가셨다.) 그 와중에도 틈만 나면 수집품 확장에 골몰했다. 아내 하이디는 크게 반기지 않았지만 결국 그의 열정에 마음을 열었고, 나중에는 뛰어난 협상 능력과 자동 악기의 중심지 스위스에서의 넓은 인맥을 활용하여 그를 열심히 도와주었다. 직업상 잦았던 해외 출장도 수집에 큰 도움이 되었다. 얼마 안 가 그는 악기 거래상과 기술자, 같은 수집가들을 아우르는 넓은 국제적 인맥을 구축하였다.

그는 항상 낙찰을 받는 사람으로 유명했다. 대부분은 너무 비싼 가격이었다. 그 자신도 잘 안다. 거래상들 사이에서 그는 거절을 못하는 사람으로 통했다. "수집가한테는 좋지 않은 성격이지요." 그도 인정했다. 재정에도 좋지 않겠군, 나는 혼자 생각했다. 실제로 돈이 없어서 물건을 할부로 산 적도 한두 번이 아니었다.

그럼에도 그는 그 취미 이상의 취미를 놓치고 싶지 않았다. "시간을 되돌릴 수 있다 해도 또 그렇게 할 겁니다." 수집은 그의 온 마음을 사로잡았다. 그는 수집을 필생의 과업이라고 생각했다. 물론 원래 목적은 그것이 아니었다. 어떤 수집가도 수집을 필생의 과업으로 삼겠다고 시작하는 사람은 없다. 그러나 지금 와서 돌아보면 업적이고 올바른 결단의 총합이다. "수집가는 아주 이기적입니다." 직별 인사로 그가 이렇게 덧붙였다. "수집품을 이용해 사랑받고 싶어 하니까요."

8일 후 충격적인 소식을 접한 순간 나도 모르게 그의 그 마지막 말이 먼저 떠올랐다. 롤프 야코비가 허리 수술을 받고 난 후 갑자기 숨을 거두었다는 것이다. 믿을 수가 없었다. 그 자상하고 호탕하며 전문지식을 뽐내던 사람이 이제 이 세상에 없다니. 주변 사람들이 얼마나 충격적일지 짐작이 갔다. 그후 며칠 동안 나는 그와의 만남을 생각했다. 내가 어떻게 순식간에 그를 좋아하게 되었으며, 그가 인간적으로 내게 얼마나 많은 영향을 미쳤는지 말이다. 그 모든 것은 그의 그 뜨거운 열정 덕분이었다. 불과 몇 시간 만났을 뿐인데도 한 사람의 죽음을 이토록 애달파할 수 있다는 사실도 새삼 놀라웠다. 수집한 물건들이 그를 대체할 수는 없겠지만 그가 많은 것을 쏟아부었던 그 기적의 기계들을 쾰른 박물관에서 알게 되어 나는 무척 기뻤다. 분명 내가 그랬듯 수많은 방문객들이 그 기계들에게 마음을 빼앗길 것이다.

아이들은 수집가다. 몇 시간만 아이와 시간을 보내보면 금방 알 수 있다. 플레이모빌 인형, 스티커, 딱지, 빈 콜라병, 조가비, 죽은 풍뎅이에 이르기까지 일단 손에 들어온 것은 절대 버리지 않는다. 심리학자들은 그런 아이들의 충동을 부모가 너무 심하게 막아서는 안 된다고 충고한다. 수집도 발달과정에서 중요한 역할을 하기 때문이란다. 수집은 정리정돈과 범주화의 능력을 키우고 환경 의식을 가르치며 자연스러운 경쟁관계를 훈련시킨다.

사춘기가 되면 보통은 수집 열정이 수그러든다. 다른 재미있는 활동이 많아지는 것이다. 하지만 성인이 되어 다시 어린 시절의 열정이 되살아나는 사람들이 있다. 특히 남성들 중에 그런 사람들이 많다. 대부분의 사람들은 자라면서 유년기의 수집 열정을 차츰 버리지만 이들은 롤프 야코비가 그랬듯 일생 동안 수집의 열망을 버리지 못한다.

마케팅 연구소 엠니드의 설문조사 결과를 보면 성인 독일인의 75퍼센트가 무언가를 모은다고 했다. 그러나 실망스럽게도 가장 좋아하는 "수집품"은 보너스 포인트인 것으로 드러났다. 그래서 좁은 의미의 수집품으로 한정시켜보니 수집을 하는 성인 인구 비율은 30퍼센트였다. 수집 품목은 거의 제한이 없었다. 고서, 화폐, 우표에서부터 옛날 오븐, 향수병, 만육기meat grinder, 당구 큐대, 자, 골무, 안전등, 빈 포장지에 이르기까지 모을 수 없는 것이 없는 것 같았다.

하지만 수집을 못 버리는 습성과 헷갈려서는 안 된다. 그런 습성이 있는 사람들은 손에 들어오는 대로 마구잡이로 물건을 모은다. 언젠가 쓸 일이 있을 것 같다는 생각에 아무것도 버리지를 못하는 것이다. 수집가는 그와 반대로 적극적이고 의도적이며 선별적이다. 물건의 효용 가치는 중요하지 않다. 물건을 버리지 못하는 사람들은 그런 자신의 모습에 수치심을 느껴 남 몰래 물건을 모으지만 수집가들은 대부분 자신의 보물을 자랑스럽게 여긴다. 물론 수집가들 중에서도 닥치는 대로 사 모으다가 늘어나는 물건을 감당하지 못해 쩔쩔매는 사람들도 많지만 말이다.

수집은 새로운 현상이 아니다. 고대 그리스나 페르시아에도 책이나 조각품, 예술품들을 모으면서 행복을 느꼈던 사람들이 있었다. 그 이후 한 세기 꼴로 한 번씩 위대한 수집가가 등장하였다. 피렌체의 우피치 박물관을 있게 한 메디치 가문과 엄청난 피카소의 작품으로 보는 이의 숨통을 틀어막는 페터 루드비히Peter Ludwig 같은 사람들이다. 현대에 와서는 특히 수집가가 폭발적으로 늘어났다. 비니 베이비 인형이나 스와치 시계처럼 시리즈 제품으로 수집의 열망을 자극하는 영리한 기업들 덕분일 것이다. 인터넷의 보급 역시 큰 역할을 하였다. 이제는 수집품을 찾아 돌아다니지 않아도 집 안 소파에 앉아서 편안하게 수집품의 정보를 모을 수 있고 가상으로 거래까지 마칠 수 있게 되었으니 말이다. (물론 롤프 야코비 같은 골수 수집가들은 여전히 촘촘한 인맥을 최고의 수집 루트로 생각한다.)

수집의 길로 들어선 이유도 가지각색이다. 우연히 특정 물건에 매력을 느끼게 되어 그런 물건을 더 찾아 나서게 되었다는 사람들이 많다. 유산을 받았다가 수집의 길로 들어서게 된 사람들도 적지 않다. 선물도 수집의 씨앗이 될 수 있다. 한 연구결과를 보면 버니라는 애칭을 쓴 여성은 친구에게 토끼 인형을 선물로 받았는데 그때부터 토끼를 사 모으게 되었다고 대답했다. 처음에는 장난삼아 가벼운 마음으로 시작했지만 이내 엄청난 수집의 마력에 휩쓸리게 된 것이다.

압도적인
감정

수집가에 대해 글을 쓰면서 열정이라는 말을 빼놓을 수는 없다. 미국 오하이오 주의 한 대학교에서 학생들을 가르치는 사회학자 데일 데니퍼Dale Dannefer는 1970년대 말 몇십 차례에 걸쳐 구식자동차 수집가들을 인터뷰했다. 그는 그들에게 어떻게 해서 수집을 하게 되었는지, 구식 자동차의 무엇이 매력적인지 물었다. 가장 놀랐던 것은 그들(대부분 남자들)이 보여준 감정의 깊이였다. 그는 말했다. "그들은 그냥 자동차 팬이 아니라 열정적인 자동차 팬이었다."

그들의 삶은 온통 구식 자동차의 지배를 받았다. 생각은 늘 자신의 자동차, 갖고 싶은 자동차를 맴돌았다. 구식 자동차 잡지를 읽었고 구식 자동차 박람회를 찾았으며 구식 자동차 클럽에서 모임을 가졌다. 파리가 낙상할 정도로 자동차를 반짝반짝 닦았고 수리를 하고 산책을 시켜주고 모터쇼에 참가해 전시를 했다. 구식 자동차 모임에 나가면 지갑을 꺼내 지갑 속에 고이 간직한 자동차 사진을 서로 보여주었다. 아내와 자식의 사진 옆에 꽂아둔 사진이다. 직장이라고 해서 다를 것이 없었다. 일하는 틈틈이 전문 잡지를 뒤적여 마음에 드는 자동차를 찾거나 필요한 부품을 뒤졌다. 외근을 나가면 참새가 방앗간을 들리듯 반드시 구식 자동차 가게에 들렀다. 어떤 남성은 자리를 많이 차지하는 구식 자동차 때문에 이사를 할 수가 없어서 매력적인 일자리를 몇 번이나 거절했다고 했다.

그들의 열정은 종교에 버금가는 숭배의 수준이었다. 자신의 자동차를 "전능"하다고, "초월적 기술"을 갖추었다고 찬양했고 자동차 공장이나 박물관으로 순례를 다녔다. 한 번은 데일 데니퍼가 어떤 수집가의 차고에 갔다가 그 수집가와 그곳을 찾아온 여자친구가 나누는 이런 대화를 들은 적도 있다.

그녀 : "어찌나 꽉 찼는지 콜라 놔둘 자리도 없네."
그 : "아무데나 놔. 그 흰색 차 위에만 빼고. 그 차는 신이야."

그 수집가는 오히려 여자친구의 행동을 이해할 수 없다는 표정이었다. 왜 그렇게 자동차에게 헌신적인지 이유를 묻는 데니퍼에게 남자들은 그저 어깨를 으쓱했을 뿐이다. 아마 그가 가장 자주 들었던 대답은 이것일 것이다. "그냥 미쳤죠."

수집가들이 이유를 말하지 못하는 것은 다른 사람을 미친 듯 사랑하는 사람이 그 이유를 설명할 수 없는 것과 같다. 실제로 수집과 낭만적 사랑의 유사성을 주장하는 심리학자들도 있다. 수집가들은 미쳤다. 그러나 사랑하는 연인이 자기 파트너에게 미친 것과 같은 의미로 미쳤다. 그래서 미국 정신분석학자 워너 뮌스터버거Werner Muensterberger는 『콜렉팅, 그 못 말리는 열정』에서 "수집품에 대한 수집가의 헌신적인 태도는 사랑하는 연인의 열정과 비교할 수 있다"고 말했다. 사랑하는 연인이 사랑하는 사람이 없으면 견딜 수 없듯, 수집가도 아끼는 물건이 없으면 견딜 수가 없는 것이다. 소비 연구가 러셀 벨크는 이렇게 말한다. "낭만적인 사랑에 빠진 연인도, 열정적인 수집가도 압도적인 감정 속에서 길을 잃고 외부 세계를 향한 관심을 차단시켜버린다. 다른 것은 아무것도 중요하지 않은 것이다."

수집의 열정―
정신분석학적으로 보면

정신분석학자들은 수집의 보다 심층적인 추동력을 집중 연구하였다. 지그문트 프로이트Sigmund Frend는 열정적인 고대 예술품 수집가였다. 빈의 베르크가세에 있는 그의 진료실에는 고대 이집트, 그리스, 로마의 물건들이 가득했다. 환자가 눕는 의자의 머리맡에는 유명한 아부심벨 신전의 컬러 판화가 걸려 있었고 왼쪽 벽에는 맨발의 젊은 여인을 담은 고대 로마 시대 부조의 모작이 걸려 있었으며 오른쪽 벽에는 고민하는 오이디푸스의 그림이 걸려 있었다. 그 밖에도 프로이트는 수백 점의 반지, 스카라브 (역주-풍뎅이 모양의 디자인으로 고대 이집트에서 혼의 지주로 신성시되었던 갑충), 조각상 등을 갖고 있었다. 1890년대 중반에 시작된 수집의 규모는 날이 갈수록 커졌고 수집에 대한 열정도 날로 깊어져서 나중에는 자신의 일마저 "인류 정신의 고고학"이라고 부를 정도였다. 그것들이 영감의 원천이라도 되는 듯 빈의 집에 마련된 작업실 두 곳에는 온갖 골동품들이 그득하였다. 심지어 런던으로 망명을 갈 때도 그것들을 가지고 갔다. 1933년 그가 세상을 떠났을 때 수집품의 숫자는 거의 수천 점에 이르렀다.

이처럼 수집의 열정이 대단하였음에도 그의 이론에서 물건은 변방의 자리를 면치 못했다. (그가 대상이라고 말할 때는 대부분 사람을 의미했다.) 그럼에도 물건은 인간의 소유행동을 이해하는 출발점이다. 가장 유명한 이론이 "구순 성격oral character"이다. 프로이트는 그런 사람들이 인색할 정도로 절약을 하고 과도하게 정리 정돈을 하며 고집불통이라고 주장했다.

프로이트의 "심리성적" 발달이론은 이런 인성의 뿌리를 유아기의 경험에서 찾는다. 그에 따르면 0~2세의 "구순기"에는 항문이 가장 중요한 성감대이다. 그런데 이 시기는 또한 아이가 기저귀 떼는 법을 배우는 때이다. 따라서 일상 활동이 쾌감을 주는 동시에 무시무시한 갈등을 야기한다. 어쩌면 아이는 변기에 똥을 싸라는 부모의 요구를 자신의 것을 부당하게 앗아가려는 강탈행위로 느낄지도 모른다. 그래서 변기의 내용물과 놀지 못하게 막는 부모에게 분노를 느낄지도 모른다. 그러나 자신을 돌봐주는 부모를 마냥 미워할 수는 없기에 아이는 자신의 소망과 욕망을 "무의식"으로 전이시킨다. 그곳에서 부글부글 끓고 있던 욕망은 결국 "자아"의 손에 이끌려 사회적으로 용인되는 인성 특징으로 "순화"된다. 그것이 바로 구순 성격이다.

프로이트의 생전에 이미 여러 저자가 수집현상을 설명하기 위해 이 모델을 차용하였다. 영국 정신분석학자 어니스트 존스Ernest Jones는 수집가들을 구순-성적anal-erotic 인성으로 분류하고 화폐나 우표, 나비, 책 같은 전형적인 수집품과 돈을 "똥의 상징"으로 해석하였다. 오스트리아 정신분석학자 오토 페니헬Otto Fenichel은 수집가들이 구순 갈등의 두 가지 요인 ―성적 만족과 상실에 대한 두려움― 을 수집품으로 전이시킨다고 보았다. 독일의 카를 아브라함Karl Abraham 역시 수집의 충동은 보통 성적 소망의 대용품이라고 주장하였다. 때문에 청년들의 수집 열정이 결혼을 하고 나면 수그러든다고 말이다.

이런 가설들이 얼마나 경험적으로 입증될 수 있을까? 존스와 아브라함 같은 정신분석학자들은 우리가 흔히 생각하는 과학적인 실험을 실시하지 않았다. 그들이 인용한 증거들은 모두 진료실 의자에서 나온 것들이다. 그러므로 1950년대 후반 뉴욕 시티의 작은 대학에 다니던 벤자민 러너Benjamin Lerner 라는 이름의 한 박사과정생을 구순 갈등과 수집 충동의 연관관계를 실험으로 검증한 최초의 학자로 보아야 할 듯하다. 그는 아주 간단한 실험을 실시하였는데 15명의 우표수집가들과 같은 숫자의 비수집가들에게 일련의 단어를 보여주었다. 그중 절반은 구순기와 관련된 단어들이었고 나머지는 중립적인 단어들이었다. 그리고 구순기 단어를 중립적인 단어와 구분하는 데 걸리는 시간을 측정하였다. 그의 가설은 구순기와 관련된 단어들에 대해 수집가들이 비수집가들과 다른 반응을 보인다는 것이었다. 즉 특별히 느리거나(방어 효과), 특별히 빠른(증폭된 관심) 반응을 보일 것이라 예상하였다. 그의 가설은 정당하였다. 참가자들의 반응시간을 재보니 두 집단 사이에 체계적인 차이가 드러났다. 러너는 이를 수집가들이 구순기 갈등에 시달리고 있으며 수집으로 갈등을 해결하려 한다는 증거로 보았다.

실험의 단순한 아이디어가 젊은 학자의 독창성을 의미하는지, 순박함을 말하는지는 논란의 여지가 있다. 그렇지만 그건 그리 중요한 문제가 아니다. 그사이 정신분석학자들 사이에서도 "똥의 상징"이라는 이론을 의심하는 목소리가 높아졌기 때문이다. 프랑크푸르트 지그문트 프로이트 연구소의 사무국장 롤프 하블Rolf Haubl 조차도 그 이론을 "프로이트 이론의 엽기"라고 비판하였다.

요즘엔 정신분석학자들도 하인츠 코후트Heiz Kohut의 자아 심리학 같은 현대 이론을 이용해 수집 충동을 설명한다. 오스트리아에서 자란 정신과 의사 코후트는 나치의 박해를 피해 미국으로 피난을 갔고 그곳에서 미국 정신분석학계의 최고학자로 성장하였다. 그는 농담 삼아 스스로를 "미스터 정신분석"이라고 불렀는데 영 틀린 말은 아니었다. 1960년 대와 1970년대에 그가 발전시킨 이론은 시대의 정곡을 찔렀다. 그는 인간의 동기를 프로이트가 중요시한 성적 충동 대신 건강하고 조화로운 자아상의 소망에서 찾았다. 그리고 이런 "리비도의 왕위 박탈"로부터 수집을 바라보는 전혀 새로운 시각이 탄생하였다. 이제 수집은 더 이상 구순 갈등의 "순화"가 아니라 안정된 자아와 만족스러운 인간관계를 향한 노력으로 이해되었던 것이다.

경험 연구도 이런 관점의 정당성을 확인한다. 예를 들어 그 사이 현역에서 물러난 미국 발달심리학자 루스 포마넥Ruth Foemanek은 1991년 167명의 수집가들을 상대로 수집의 동기를 묻는 대규모 설문조사를 실시하였다. 그리고 실험 참가자들에게서 시사하는 바가 많은 대답을 끌어낼 수 있었다. 어쨌든 "그냥 미친 거죠"보다는 시사하는 바가 많은 대답들이었다. 가장 많이 언급한 이유는 코후트의 이론대로 자아와 관련된 것이었다. 실험 참가자의 많은 수가 수집을 자의식에 영양을 공급하는 비타민 주사라고 생각했다. 아무도 가지지 못한 멋진 수집품을 자신만 가졌기 때문에 자의식이 높아진다는 것이다. 또 다른 이들은 수집을 자신에게 도전장을 던지고 자신의 능력과 지식을 확인하는 방법이라고 대답했다. 자괴감 같은 부정적인 감정을 막아주는 방패라고 생각하는 사람들도 많았다.

　　수집과 정체성의 관계가 얼마나 긴밀한지는 장 루이 슐림을 만나고 나서 절감한 사실이다. 환갑을 앞둔 룩셈부르크 태생의 노인은 바이에른의 루트비히 2세와 관련된 모든 것을 수집한다. 그는 이미 동화의 주인공 같은 왕에 관해 두 권의 책을 출간하였다. 노인을 알게 된 것은 1장에서 소개했던 영화감독, 쾰른 시립 문서실 붕괴로 전 재산을 잃었던 로베르트 비초렉을 통해서였다. 그는 영화를 제작하다가 그 수집가 노인을 알게 되었다고 했다. 슐림은 뮌헨에 살고 있었고 나는 어느 겨울 토요일 정오에 그와 전화 인터뷰를 하기로 약속을 잡았다.

　잘 모르는 사람과 전화를 하면서 상대의 이미지를 그려보는 것은 항상 흥미로운 작업이다. 그는 나와 편히 이야기를 나누기 위해 소파에 느긋하게 자리를 잡았다고 말했고, 나는 곧장 바로크 시대 그림 속에 나오는 기품 있으면서도 데카당스한 집 안을 상상하였다. 수집품을 소개해 줄 수 없겠느냐는 나의 질문에 그는 껄껄 웃음을 터트렸다. 그리고 룩셈부르크 출신답게 우아한 말투로 이렇게 대답했다. "어디서부터 시작해야 할지 모르겠는 걸요. 140평방미터 면적의 거실에 물건이 가득 하거든요." 말은 그렇게 했지만 그는 천천히 수집품들을 열거하기 시작했다. 약 2만 점의 엽서, 수천 권의 책, 그림, 자필 원고, 흉상, 메달, 접시……. 그리고 마치 사죄라도 하는 듯 이렇게 덧붙였다. "게다가 거의 매일 물건이 추가됩니다." 방금 전에 돌아온 파리에서는 20킬로그램의 책을 가져왔다고 했다.

루트비히에 대한 열정을 고백하는 그의 목소리에선 신명이 묻어났다. 어려서부터 신 고딕식 스타일이라면 무조건 좋아했는데 아마 할머니 댁 근처의 신 고딕식 성당을 자주 찾았기 때문일 것이라고 했다. 그러다가 청소년 시절 파리에서 거리 화가가 그린 노이슈반슈타인 성의 그림을 처음 보았고 실로 충격을 먹었다. 그 성이 "세상 모든 성 중에서 최고의 성"이라는 느낌이 들었던 것이다. 그 직후 친한 친구가 "너하고 닮았다"고 하면서 루트비히의 전기를 선물해주었다. 노이슈반슈타인 성에 한번 가보고 싶다는 소망이 날로 커졌고 결국 그는 그 소망을 이루었다. 심지어 성 관리인에게 혼자 성을 둘러볼 수 있게 해달라고 부탁하여 허락을 받아냈다. 그가 도착하자 관리인은 열쇠를 넘겨주며 마음껏 돌아다니라고 했다. 그날 그는 예전에 그곳에서 살았던 것 같은 느낌을 받았다. "전부 다 눈에 익었어요. 프랑스말로 'coup de foudre', 첫눈에 반한 사랑이었지요. 루트비히 바이러스에 감염이 된 겁니다."

바이에른의 왕에게 그렇게 마음이 끌리는 이유를 묻자 그는 자기 나름대로 정리한 이론을 늘어놓기 시작했다. 첫째, 자신은 루트비히를 형을 대신하는 존재로 생각한다고 했다. 엄마 배속에서 사산된 형을 한 번도 본 적은 없지만 그는 오래전부터 형을 그리워했다. 그가 그리는 이상적인 형의 모습이 바로 루트비히였다. 둘째, 그는 자신이 루트비히와 닮았다고 생각했다. 외모는 물론이고 백조를 좋아하고 인생을 긍정적으로 보는 성격까지 닮았다고 했다. 그는 그런 자신의 생각을 "유사의 철학"이라 불렀다. 스스로를 루트비히의 화신이라고 생각하느냐는 질문도 자주 받는다고 했다. 그러면 그는 이렇게 대답한다. "그건 절대 아니고요. 소울메이트라고 생각합니다."

　수집과 자아가 긴밀한 관계에 있다는 이론은 정신분석학뿐 아니라 심리학에서도 확고하게 뿌리를 내렸다. 심리학 저서에서 언급하는 많은 수집 동기들은 정체성, 특히 긍정적 자아감의 발전과 연관이 있다. 그것이 슐림처럼 외모나 심미적 선호도의 측면일 수도 있지만, 수집품은 전혀 다른 방식으로도 한 사람의 자화상을 표현할 수 있다. 예를 들면 다음과 같은 것들이다.

- 수집가라는 "경력"은 직업 이외에 또 하나의 중요한 활동 영역으로 자아의 정의를 발전, 확대시키는 데 도움을 준다. 직장에서는 평범한 다수 중 하나에 불과하지만, 수집을 통해 직장에서 요구하지 않는 재능을 익혀서 뛰어난 전문가라는 평판을 들을 수 있다.
- 수집을 통해 부모나 권력자와 확실한 경계선을 긋는다. 미국 정신의학자이자 미술사학자인 프레데릭 베이클랜드Frederick Baekeland는 아버지에 이어 미술품을 수집하는 두 아들의 사연을 소개한 바 있다. 이 아들들은 아버지의 수집분야와 완전히 다른 시대와 조류를 찾는 데 혈안이 되어 있었다. 베이클랜드가 강조하듯 그것은 우연이 아니다. "아버지와 아들이 수집의 주제가 동일한 경우는 극히 드물다."

• 수집을 통해 자신을 더 아름답고 더 소중한 사람으로 상상할 수 있다. 앞에서 벨크가 인터뷰하였다고 소개했던 버니라는 이름의 토끼 인형 모으는 여성은 처음에 친구들이 그녀에게 토끼 인형을 선물했던 이유가 자신이 플레이보이 버니를 닮았기 때문이라고 생각했다. 같은 실험에서 한 남성은 코끼리 인형을 모으고 있었는데 언젠가 진짜 코끼리까지 수집해서 대중의 이목을 끌겠다는 꿈을 꾸고 있었다.

• 수집은 자아의 버팀목이 될 수 있다. 스스로를 뜻이 같은 공동체의 일원으로 생각하기 때문이다. 사회학자 에드윈 크리스트Edwin Christ는 한 연구 논문에서 주로 퇴직자들이 모인 어떤 우표수집협회를 소개하면서 그 회원들을 "제도와 규범, 지위와 역할, 지위와 명성, 권위와 지도력, 그 밖의 모든 공식적, 비공식적 단체의 특성을 포괄하는 한 거대한 사회 시스템"의 일부라고 해석하였다.

수집의 역할은 이것으로 끝나지 않는다. 리스트는 무한히 이어질 수 있다. 수집을 다른 생활 영역에서 발생하는 문제로부터 에고를 지켜주는 완충기로 보는 시각도 있다. 수집이 통제와 질서의 욕구를 충족시키고 정확한 목표와 그것의 성공 여부를 평가할 수도 있다. 벨크의 말대로 "주인의 판단과 취향을 오해의 여지없이 대변하기에" 수집은 자아의 버팀목으로 쓰기에 매우 적합한 목재이다. 시간과 노력을 쏟아붓기에 수집가는 말 그대로 자신의 일부를 수집품에 투자하는 것이다.

긴장과
이완

　　수집이 매력적인 이유는 하나 더 있다. 긴장과 이완을 번갈아 조성하여 삶을 흥미진진하게 만든다. 경제적으로 볼 때 수집은 특별히 희귀한 물건을 모으는 활동이다. 보통 사람들은 쉽게 구할 수 없는 물건을 모은다. 바로 그것이 매력의 큰 부분을 차지한다. 돈을 주체하지 못해서 못 살 것이 없는 부자도 수집을 통해 일종의 인위적인 결핍을 조장할 수 있다. 초점만 잘 맞추면, 예를 들어 단종된 마세라티 (역주–이탈리아 스포츠카)나 진짜 고대 이집트 미라 같은 것을 수집하겠다고 마음먹으면 자신에게 힘든 도전장을 던질 수 있는 것이다.

　　이처럼 희귀한 물건에 집중하게 되면 흥미로운 심리학적 효과가 발생한다. 초긴장 상태에 돌입하는 것이다. 포노리츠트 비올리나를, 루트비히 왕의 자필 원고를 반드시 내 손에 넣겠다는 소망은 불만에 이를 수 있는 내적 불안 상태를 조성한다. 따라서 수집가는 원하는 물건을 얻기 위해 가진 에너지를 총 동원한다. 경쟁자까지 나타나면 긴장은 더욱 치솟는다. 그러다 마침내 원하던 물건을 손에 넣는 순간 서서히 기분 좋은 이완의 상태가 찾아온다. 새로운 다음 목표가 생길 때까지.

　　학자들의 연구결과처럼 수집가들은 이런 긴장과 이완의 교차를 매우 만족스럽게 느낀다. 실제로 새 물건을 발견하여 손에 넣는 것이 수집의 가장 만족스러운 부분이라고 대답한 사람들도 많았다. 심지어 의도적으로 사냥 열병의 상승과 하강을 쫓는 사람들도 있었다. 그것이 어떻게 작동하는지, 포마넥의 글에서 소개된 책 수집가의 말을 통해 알아보기로 하자.

"해마다 책 바겐세일이 다가오면 몇 주 전부터 마음이 설렙니다. 크리스마스를 기다리는 어린아이가 된 심정입니다. 그날이 제 인생을 결정할 것만 같습니다. 제시간에 그 장소에 확실히 도착하는 것으로는 성에 안 찹니다. 문을 열기 적어도 한 시간 전에는 도착해서 기다리는 줄의 제일 앞자리를 차지해야 합니다. 줄에 서 있을 때면 (엔도르핀이 마구 분비되는 걸까요?) 심장이 두근두근거립니다. 딴 사람들이 비슷한 말을 하는 소리를 들으면 더 흥분이 됩니다. 마침내 문이 열리고 사람들이 마구 달려 들어가면서 난장판이 됩니다. 책장을 넘기면서 이것저것 살피는 동안 열광은 계속됩니다. 나의 콜렉션에 맞을지 아닐지, 잘 모르겠으니 결정을 나중으로 미룰지 확인하는 일은 고된 작업이지요. 그렇게 고른 책들을 집에 가져와 다시 한 번 살필 때도 얼마나 흐뭇한지 모릅니다. 물론 시간이 좀 흐르면 어디서 어떤 책을 샀는지도 잊어버리고, 또 왜 그 책을 샀을까 의문이 들기도 하지요. 하지만 이미 마음은 다음 '숏'을 고대하고 있습니다. 다음 바겐세일이나 경매, 서점 방문을 기다리는 거지요."

이런 글을 읽어보면 수집가들의 열정을 쉽게 이해할 수 있다. 그들의 삶은 기대와 흥분, 행복감으로 가득하다. 사회적 인정을 선사하는 동지들의 네트워크와 단단히 결속되어 있다. 이들에겐 일상의 괴로움에서 한 발 물러설 수 있는 자신만의 왕국이 있고, 의미와 방향을 주는 확실한 목표가 있다. 물론 수집에도 어두운 면이 있다. 앞에서도 보았듯 열정은 쉽사리 집착으로 변질된다.

루트비히의 광팬 슐림 역시 자신의 취미에는 통제 불능과 탐욕이 섞여 있다고 솔직히 고백한다. 어떤 경매장에서 자신의 콜렉션에 아직 없는 물건이 눈에 띌 경우 이성은 순식간에 자취를 감춘다. 너무 비싸게 산 후에는 밀려드는 양심의 가책을 억지로 억누르거나 말도 안 되는 변명으로 ("저번 달에는 정말 싸게 샀잖아") 마음을 달랜다. 돈이 부족해서 원하는 물건을 못 살 때는 그냥 아무것이나 구입한다. 어쨌든 무언가를 샀다는 것이 중요하기 때문이다. "수집은 병입니다." 그가 말한다. "불치병이지요."

수집
중독

1986년 여름 일군의 학자들이 괄목할 만한 실험을 실시하였다. 소비자들을 "자연스러운 환경"에서 연구하겠다는 목적으로 2달 동안 캠핑카를 타고 로스앤젤레스에서 보스턴까지 미국 전역을 두루 돌아다

넀던 것이다. 여행의 여정뿐 아니라 참가자의 숫자도 어마어마하였다. 15개의 미국 및 캐나다의 대학교에서 20~30명의 학자들이 적어도 일부 구간은 참가하였다. 준비기간만 1년 6개월이 걸렸던 이 초대형 프로젝트는 훗날 '소비자 행동 오디세이Consumer Behaivor Odyssey'라는 이름으로 세상에 알려졌다.

그 이름이 실험의 노고와 불쾌감을 알리기 위한 것인지는 모르겠다. (여러 사람이 함께 장시간 동안 캠핑카에서 생활해본 사람이라면 내가 무슨 말을 하는지 잘 알 것이다.) 그러나 그런 노고에 힘입어 학자들이 얻은 깨달음은 실로 획기적이었다. 그들의 깨달음 중에는 수집의 강박적 측면도 포함된다. 수집가의 40~70퍼센트, "가족이나 친구들은 더 많은 비율이" 수집을 중독이라고 인정했고, 가족이나 친구들에게 물어보니 중독이라고 대답한 비율이 그보다 더 높았다. 수집을 중독과 비교하였다니 말이다. 수집가들은 추가 수집품의 구매를 (위에서 소개한 책 수집가처럼) 득점을 하려면 반드시 필요한 픽스, 숏이라고 부른다. 물론 절반은 농담이지만, 학자들은 이렇게 강조한다. "우리의 인터뷰와 다른 학자들의 연구결과로 미루어볼 때 수집은 중독을 유발할 수 있다."

수집이 엄격한 임상적 의미에서도 중독의 기준을 충족시키는지에 대해서는 논란이 있을 수 있다. 그러나 분명 마약 및 알코올 중독과의 유사성이 존재한다. 수집품을 사냥할 때 다수가 겪는 변화된 의식상태는 마약이나 향정신성 의약품을 복용하였을 때 나타나는 행복감 및 우울감과 유사하다. 수집가들은 금단증상에 대한 공포에 시달린다. 때문에 어떤 상황에서도 수집을 하지 않으려고 발버둥친다. 예를 들어 수집의 범위를 확대하거나 수집품의 수준을 업그레이드시키는 식이다. 여러 가지 수집 분야에 관심을 갖는 "다중 종속"도 자주 볼 수 있는 현상이다.

 "소비자 행동 오디세이"에는 수집의 중독 잠재성을 특히 잘 보여주는 한 가지 사례가 실려 있다. 예전에 헤로인과 알코올 중독이었던 한 남성이 마약과 술을 끊고 나서 미키마우스 관련제품을 수집하기 시작했던 것이다. 설문을 할 당시 그는 슈퍼마켓을 운영하고 있었다. 그런데 "미키마우스 픽스"를 하겠다고 이른 저녁부터 가게 문을 닫고 두 시간씩 차를 달려 미키마우스 가게로 간다고 털어놓았다. 그것도 무려 일주일에 세 번씩이나 말이다. 그러느라 모아놓은 돈도 거의 다 탕진했다. 결국 그는 다시 중독 탈출에 돌입했다. 이번에는 "미키마우스 픽스"로부터의 탈출이었다. 그사이 그는 수집을 그만두었고 거꾸로 거래상으로 나서 미키마우스 제품을 다른 수집가들에게 판매하고 있었다.

 물론 누구나 그 남성처럼 중독이 되는 것은 아니다. 하지만 자제력이 뛰어난 사람들조차도 수집의 부정적 결과들을 몸소 느낀다고 고백한다. 가장 직접적인 피해는 경제적 부담이다. 롤프 야코비처럼 재산이 넉넉한 기업가들조차 수집으로 인한 경제적 궁핍을 호소한다. 파트너에게 사실을 숨기고 심한 죄책감을 느끼는 경우도 많았다. 생활 수준이 급격히 떨어질 수도 있다. 2006년에 사망한 전 함부르크 조형예술 대학 학장 카를 포겔은 미술관에 버금가는 수준의 그래픽과 유화, 수채화, 스케치, 조각품 콜렉션을 자랑하였지만 이런 고백을 한 적이 있다. "연금은 넉넉하지만 너무 많은 수집품 탓에 생활수준이 버스차장 수준입니다."

인간관계에서의 갈등도 적지 않다. 수집가가 우표나 자동차나 인형에게 쏟아붓는 그 많은 시간은 다 가족과의 시간을 잘라 먹은 것이다. 파트너와 자식들은 수집가의 사랑을 얻기 위해 물건과 경쟁을 해야 한다는 기분을 떨칠 수 없다. 러셀 벨크의 연구결과대로 문제는 특히 수집가가 자기 보물을 물려받을 상속자를 찾을 때 발생한다. "인터뷰에 응한 가족 중에서 자식이나 배우자가 콜렉션을 넘겨받겠다는 경우는 극히 드물었다." 남은 방법은 단 하나, 한 세대를 건너뛰어 손자들이 수집품에 관심을 갖도록 유혹하는 길뿐이다.

이제 많은 비수집가들은 이렇게 말할 것이다. 그래, 좋아, 다 맞는 말이야. 그런데 이게 나랑 무슨 상관이야? 맞는 말이다. 수집가는 지극히 특별한 소유자이며, 특별히 열정적이고 특별히 경쟁적이며 특별히 자기 보물에 집중한다. 하지만 가진 재산을 낙타 등에 다 실을 수 있는 아프리카 유목민이 전형적인 서구의 한 가정에 들어갔다고 가정해보자. 은퇴한 수집가의 창고에 들어온 것이라고 생각하지 않겠는가? 옷으로 꽉 찬 옷장, 수백 권의 책과 사진, DVD, 방방마다 꽉 들어찬 가구하며, 차고와 지하실까지 물건이 가득 쌓여 있다. 우리도 다들 쓸데없는, 적어도 꼭 필요하지는 않는 물건을 기분이 좋자고, 사회적인 인정을 받기 위해, 혹은 그 밖의 이득을 기대하며 계속 쫓아다니고 있는 것은 아닐까? 꼭 필요하지도 않은 것을 사겠다고 자신의 소득 수준 이상의 돈을 지불해본 경험이 없는 사람이 얼마나 될까?

그렇게 본다면 수집가와 비수집가의 차이는 그리 크지 않다. 둘 다 자신의 소유물에 대해서는 까다롭기 그지없다. 물론 수집이라는 말을 쓰려면 물건의 양이 일정 정도의 수준에 도달해야 한다. 또 어느 정도의 참여와 열정을 보여주어야 수집가라는 말을 들을 수 있다. 하지만 일정한 한계를 넘어서면 취미는 중독이 된다. 문제는 수집의 적정 수준이, 나아가 소유의 적정 수준이 무엇인가 하는 것이다.

8장

사물과 물질적 의미:

소유하면 행복할까, 불행할까?

지금까지는 물건이 어떻게 자기 표현과 인간관계, 추억과 회
상을 촉진할 수 있는지에 대해 주로 이야기하였다. 한마디로 물건
의 긍정적 기능들을 다루었다. 그렇지만 수집가의 사례에서도 보았듯
소유와 소유욕은 한 사람의 인생에 큰 짐이 될 수도 있다. 이 장에서는
사물과의 관계가 갖는 어두운 면을 보다 집중적으로 다루어보도록 하
겠다.

카를 라베더Karl Rabeder는 소유의 위험과 부작용에 대해 할 말이 많은
사람이다. 오스트리아 사람인 그는 한때 엄청난 부자였다. 보통 사람들
이 꿈꾸는 모든 것을 가졌다. 잘 나가는 회사, 호화 빌라, 프로방스의 별

장, 글라이더 5대, 자동차 2대. 그는 그 모든 것을 버렸다. "소유는 자유의 반대말입니다." 지금 그는 이렇게 말한다. "내 소유물들이 나를 행복하게 해주지 않았습니다."

라베더의 사연은 언론에도 이미 여러 차례 소개된 바 있다. 독일과 오스트리아의 신문들은 그에 관해 많은 기사를 실었다. 영국의 〈가디언〉과 미국의 〈뉴욕데일리 뉴스〉까지도 이 "더 이상 백만장자이고 싶지 않은 백만장자"에 대해 보도를 하였다. 나는 그가 소비에 지친 사람들에게 강연을 하고 나서 무소유 종족을 방문하러 나미비아로 떠나기 직전의 빈 스케줄을 이용하여 그와 전화로 인터뷰를 하였다.

가진 재산을 다 버리자는 생각을 어떻게 하게 되었느냐고 내가 물었다. 그는 그 모든 것은 할머니, 할아버지와 함께 시작된 것이었다고 회상했다. 할머니, 할아버지는 작은 집에 살면서 텃밭에 농사를 짓던 노력하는 인간형이었다. 그는 여섯 살 때부터 채소를 팔러 시장에 나가는 할머니, 할아버지를 따라다녔다. 할머니는 늘 이렇게 말씀하였다. 돈을 많이 벌어 권력을 쥐어야 해. 할머니의 그 말씀은 오랜 세월 그의 곁을 지켰다.

열여섯 살 때부터 글라이더에 푹 빠졌기 때문에 취미를 즐길 시간을 낼 수 있는 직업이 필요했다. '남의 밑에서 일하는 건 안 돼. 한 시즌만 바짝 벌고 남은 시간은 여유 있게 사는거야.' 그는 늘 그렇게 생각했다. 그래서 양초를 주종목으로 하는 가정 소품 판매 회사를 차렸다. 그것이 오늘날 그가 탐욕적 단계라 부르는 그 시간의 출발이었다. 폴란드, 형가리에 이어 중국까지 공장을 세웠고 거느린 직원이 최고 400명에 이르렀다. 하루 12~14시간씩 일했다. 물론 겨울에만 그랬다. 여름에는 글라이더를 탔다. 서른두 살이 되던 해 그는 백만장자가 되었다.

그때부터도 마음속에선 회의가 고개를 들었다. 뭔가 마음이 휑한 것 같은 공허감이 밀려들었다. 하지만 그 소리에 귀를 기울일 용기는 없었다. 그렇게 그는 계속해서 돈을 모았고 사치품들을 사들였다. 유명한 건축가에게 의뢰하여 티롤 지방에 꿈의 빌라를 지었다. 3,000평방미터의 면적에 고가의 원목으로 실내 장식을 했고 헬스장까지 갖추었다. 정원에는 연못을 팠고 비치발리볼 경기장도 만들었다. 특수 글라이더 비행기도 제작해 그것을 타고 전 세계 이국적인 지역을 찾아다녔다.

"커다란 덫에 걸렸던 겁니다. 소유가 자유를 준다고 말하는 덫이었지요." 잠시 말을 쉰 그가 다시 입을 열었다. "처음에는 그 말이 맞았습니다. 빈털터리에서 부자가 되는 것은 대단한 개선이지요. 하지만 특정 지점부터는 그 계산이 맞아떨어지지 않습니다. 그때부터는 소유가 속박이 되는 거지요."

여러 채의 집, 비행기와 자동차, 그건 엄청난 양의 노동을 의미한다. 예를 들어 프로방스의 별장에서 휴가를 보낼 때도 대부분의 시간은 기술자들을 불러다가 집을 꾸미는 데 투자했다. 즐기고 쉴 시간이 별로 없었다. 결정적인 사건은 1998년에 일어났다. 하와이에서 당시의 부인과 함께 호화스럽게 휴가를 보냈다. 의도적으로 제일 비싼 것만 누렸다. 3주 동안 헬리콥터를 타고 섬들을 돌아다니고 5성급 호텔에서 잠을 잤다. 정식 실험이었다. "알아내고 싶었습니다. 광고에서 약속하는 것들을 다 하면 정말로 행복할까? 대답은 '아니오'였습니다. 그 후 골똘히 고민을 하기 시작했습니다."

인생의 방향을 급선회하였다. 2004년 그는 회사를 팔았다. 프랑스의 별장과 자동차, 글라이더 비행기도 포기했다. 그리고 2010년 마침내 티롤의 빌라와도 결별했다. 인터넷에서 추첨을 해서 새 주인을 찾았다. 은행 빚을 다 갚고 남은 돈으로 그는 현재 남미 고아원 사업과 가난한 가정에 소액대출을 하는 공익 단체를 지원한다.

금욕적인 새 삶을 살아보니 무엇이 가장 놀랍냐고 나는 물었다. (라베더는 '금욕적'이라는 표현을 싫어했다. 자유로운 삶이라고 불러달라고 했다.) "기대 이상으로 간단해서 놀랐습니다. 정말 할 수 있을까 많이 의심했거든요." 그는 산중의 작은 오두막에서 살아보니 정말로 좋다고 했다. "방은 작을지 모르지만 문 밖으로 나가면 바로 산에 오를 수 있습니다. 예전에는 3,000평방미터의 땅이 내 것이었습니다. 지금은 온 세상이 내 것입니다. 꼭 소유해야만 이용할 수 있는 건 아니거든요."

라베더는 그런 식의 문장을 몇 가지 준비해두고 있었다. 그것을 오스트리아식 악센트와 강렬한 어투로 사람들에게 전달했다. 그가 강연장에서 사람들을 감동시키는 장면이 눈앞에 그려졌다. 그의 책『100만 원의 행복』역시 사람들에게 용기를 주기 위해 썼다. "제가 걸었던 걸음은 많은 이들의 가슴에도 잠들어 있습니다. 우리가 제기해야 할 질문은 의외로 아주 간단합니다. 무엇이 내 삶인가? 무엇이 중요한가? 중요하지

않으면 포기하세요. 처음엔 가끔씩, 그러다 점점 자주. 내 인생의 어깨
에서 물질의 짐을 내려놓아야 합니다.”

소유냐
존재냐

　　오래전부터 철학자들과 종교 지도자들은 너무 많은 소유는
오히려 해가 된다고 주장해왔다. “부자가 하늘에 가기는 낙타가 바늘구
멍을 통과하는 것보다 어렵다”는 예수의 유명한 말씀을 모르는 사람이
어디 있겠는가? 다른 종교에서도 자발적 가난을 만족한 삶과 영적 깨달
음의 전제조건이라고 생각한다. 티베트에는 이런 속담이 있다. “재산이
벼룩만큼이면 고통도 벼룩만큼이고 재산이 염소만큼이면 고통도 염소
만큼이다.” 심리학자 윌리엄 제임스는 이렇게 말했다. “소유에 기반한
삶은 행동이나 존재를 중점에 둔 삶보다 훨씬 자유롭지 못하다.”
　소유를 지향하는 삶을 비판한 사상가 중에서 가장 유명한 사람은 에
리히 프롬일 것이다. 1976년에 나온 그의 『소유냐 존재냐』는 지금까지
전 세계에서 수백만 부가 팔린 베스트셀러이다. 그는 그 책에서 당시의
소비 사회에 대한 많은 사람들의 불쾌감과 염증을 학술적으로 분석하
였다. 바야흐로 환경과 평화, 여성운동의 시대였다. 독일에서는 녹색
당이 만들어졌으며 로마 클럽은 “성장의 한계”에 관한 보고서를 출간
하였다.

프롬은 그 책으로 시대의 정곡을 찔렀다. 그는 소유와 존재가 근본적으로 다른 두 가지 삶의 양식이며, 그것이 한 사회는 물론 그 사회에서 사는 사람들의 성격을 결정한다고 보았다. 두 가지 중 소유의 양식은 죽은 사물을 숭배하며, 물질적 소유를 통해서만 인간을 정의하는 "네크로필리아" 사회에 해당된다. 그 반대편에는 존재의 양식, 즉 사랑과 나눔, 능력의 생산적 활용을 바라는 인간의 욕망을 중시하는 "바이오필리아" 사회가 자리한다. 현대 산업사회에서는 소유의 양식이 주도권을 잡았다. 삶은 소비충동, 소유욕, 탐욕, 시기심으로 뒤덮였고, 사람들은 조만간 공허한 마음, 불만족, 고독에 괴로워할 것이다.

프롬의 분석이 나온 이후에도 소비의 힘은 날로 커져갔다. 아이패드, 카메라 장착 휴대전화, 엔터테인먼트 기능이 있는 자동차……. 숨 돌릴 틈도 없이 신제품들이 쏟아져 나오면서 10년 전에는 아무도 몰랐던 욕망을 만족시켜주겠다고 외쳐댄다. "예전엔 칼 하나로 100가지 일을 할 수 있었지만 요즘엔 그 100가지 일을 하기 위해 100개의 칼이 필요하다." 정신분석학자 롤프 하블의 말이다. TV, 잡지, 인터넷을 막론하고 광고의 메시지들이 홍수를 이룬다. 인간은 마음먹은 대로 할 수 있다는 최신 과학 이론들을 적극 이용한 광고들이다. 최근에는 신경학까지 끌어들여 "두뇌에 맞게" 광고를 구상한다.

효과는 엄청나다. 많은 사람들의 인생에서 쇼핑과 명품, 수입이 대단한 역할을 한다. 정치적 참여보다 돈이 더 중요하다는 사람들도 적지 않다. 2008년의 설문조사 결과를 보면 독일인의 22퍼센트가 "물질적 복지가 가장 중요하다. 민주주의는 그다음이다"라는 문항에 "예"라고 대답했다. 1960년대와 1970년대의 청년들은 거리로 뛰쳐나와 포스트 물질주의의 가치를 외쳤지만 요즘 젊은이들에겐 출세와 수입이 최우선 과제이다. 2009년 18세에서 35세까지의 독일인을 대상으로 실시한 설문조사에서는 72퍼센트가 나중에 돈을 많이 벌고 싶다고 대답했다.

물론 광고가 전하는 행복의 약속을 의심하고 과잉사회의 심리학적, 사회적, 인간적, 환경적 위험을 경고하는 목소리도 날로 커지고 있다.

더 많은 돈,
더 많은 만족?

미국 사진 작가 피터 멘첼Peter Menzel의 사진집 『물질적 세상Material World: A Global Family Portrait』은 세상의 물질적 불평등을 독창적인 사진으로 기록한 매력적인 책이다. 30개 국에서 통계적으로 평균으로 꼽힐 가정을 각 나라당 한 가정씩 선별하여 각 가정의 소유물 전체를 집 앞에 쌓아놓고 사진을 찍었다. 미국 소비사회의 탐욕과 경박함에 대한 실망이 이 프로젝트의 계기였다. 쉬운 작업은 아니었다. 다들 자기 집 안을 한 번 쓱 훑어보면서 사진작가 팀이 집 안 살림살이를 전부 거리로 내다놓는 장면을 상상해봐라. 멘첼의 계획이 얼마나 용감무쌍한 것이었는지 —살짝 미친 짓이 아니었는지— 충분히 짐작이 될 것이다.

하지만 고생한 보람이 있었다. 믿기지 않는 사진들을 수록한 책이 세상에 나온 것이다. 이 세상에는 정말 부자인 나라와 정말 가난한 나라가 있다는 것쯤은 다들 알 것이다. 하지만 멘첼의 사진은 그 사실을 가혹할 정도로 분명하게 우리 눈앞으로 들이민다. 쿠웨이트의 평균 가정인 압둘라네 집은 자가용이 4대이고 그중에는 메르세데스 벤츠 리무진도 한 대 있다. 하지만 아이티에 사는 델포트Delfoart 네는 안장 얹은 나귀 한 마리만 있어도 기뻐 춤을 출 것이다. 도쿄에 사는 우키타 부부와 두 자녀는 집 밖에 쌓아놓은 살림살이에 파묻혀 잘 보이지도 않지만 인도에 사는 여섯 식구의 야다브네는 침대 2개, 나무 의자 1개, 종교화 2점, 녹슨 자전거 1대, 사다리 1개, 몇 개의 바구니, 접시, 이불이 전부인 살림살이 옆에서 그 많은 식구가 전부 다 훤히 보인다. 몽골의 레드첸네는 유목민이 으레 그렇듯 소박한 천막에서 살지만 텍사스의 스킨네는 전형적인 미국의 교외에 지은 엄청나게 큰 집에서 자체 진입로와 차 2대를 세울 수 있는 차고, 정원까지 갖추고 산다.

그런데도 이 사진들이 폭로할 수 없는 것이 하나 있다. 사람들의 마음속에서 무슨 일이 일어나는가 하는 것이다. 아프리카 말리에 사는 가족은 부모가 모두 밖에 나가 일주일에 100시간을 일해도 1년에 겨우 몇백 달러 밖에 못 번다. 그들은 정말 사진 속의 표정처럼 그렇게 마음 편하게, 즐겁게 살고 있을까? 왜 영국 가정의 아버지는 안락하고 큰 집에 살며 보트까지 있는데도 일자리도 없고 연료로 쓰려고 쓰레기를 모으는 사라예보의 아버지처럼 얼굴에 근심이 가득할까? 독일과 일본 가정의 그 엄청난 장난감은 그 집 아이들이 즐겁고 만족스러운 유년기를 보내는 데 얼마나 보탬이 될까?

많이 가진 사람들이 가난한 사람들보다 행복할까? 이 간단한 질문은 지난 몇 년 동안 심리학계에서 가장 뜨거운 논쟁을 불러일으켰던 주제 중 하나이다. 심리학만이 아니다. 경제학자, 사회학자, 소비 연구가, 정치학자, 인구통계학자들도 물질적 복지와 부의 축적이 인간의 행복에 얼마만큼의 영향을 미치는지 알아내기 위해 노력하고 있다. 하긴 정말로 쉽지 않은 프로젝트이다.

1974년 미국 경제학자 리처드 이스털린Richard Easterlin은 이상한 현상에 주목하였다. 특정한 시점에 관찰하면 공식이 통했다. 부가 늘어날수록 만족도 늘어난다. 통계적으로 볼 때 부자들은 가난한 사람보다 행복하다. 예를 들어 당시 미국에서 설문조사를 실시했더니 수입이 최하위인 사람들 중에서 매우 행복하다고 대답한 비율은 4분의 1에 불과했지만 수입이 최상위인 사람들은 그 비율이 거의 두 배나 더 높았다. 하지만 놀랍게도 시간이 흐르자 이런 상관관계는 맞아떨어지지가 않았다. 1946년에서 1970년 사이 1인당 소득이 60퍼센트가 늘어났는데도 미국 국민의 평균 행복 지수는 거의 변함이 없었던 것이다. 이렇게 본다면 부의 증가는 곧바로 행복의 증가로 이어지지는 않는다는 결론이 나온다.

이스털린의 연구는 비슷한 연구의 붐을 몰고 왔다. 학자들은 복지와 행복의 상관관계를 알아내기 다양한 측면에서, 다양한 방법을 활용하기 시작했다. 산업국가, 전형적인 개발도상국가, 후진국, 과거 동구권 국가들을 조사하였고 수입과 행복의 정의를 바꾸어보았으며 관찰 기간을 다양하게 변화시켰다. 거부들과 로또 당첨자들을 연구한 학자들도 있었고 빈곤의 한계선 이하에서 사는 사람들을 조사한 학자들도 있었다.

일부는 모순되는 결과가 나오기도 했고, 많은 부분에서는 아직 명확한 대답이 나오지 않았다. 그럼에도 오늘날 우리는 행복과 만족은 소유를 통해 임의로 증가할 수 없다는 결론을 내릴 수 있다. 돈이 없거나 정말 가난한 사람은 재정상황이 나아지면 반드시 더 행복해진다. 하지만 소득이 일정 수준에 도달하면 복지의 행복효과는 현저히 약화되는 것 같다. 또 한 가지, 물질적 복지보다 삶의 질에 더 중요한 일련의 요인들이 있다는 사실이 밝혀졌다. 넓은 인간관계, 의미를 부여하는 직업, 건강, 안전하고 공정한 사회 시스템 등이 그것이다.

다른 방향의 연구결과들도 주로 돈과 재산을 지향하는 삶이 높은 만족을 낳는다는 생각에 의혹을 표한다. 물질주의 연구는 실제적인 경제상황이 아니라 소유에 대한 태도를 살핀다. 그러므로 물질주의자는 물질적 자산을 성공적이고 행복한 삶의 가장 중요한 원천이라고 보는 사람이다. 라베더의 할아버지처럼 소유 및 그것과 결부된 사회적 지위와 권력을 갖추어야만 살 만한 인생이라고 생각하는 사람들 말이다.

반드시 재산이 있어야 물질주의자가 되는 것은 아니다. 물질주의자는 재산이 많기를 꿈꾸는 사람이다. 하지만 많은 물건을 원하거나 자기 것이라 부른다고 해서 다 물질주의자는 아니다. 예를 들어 수집가들은 물질주의적 성향을 측정하는 테스트에서 높은 점수가 나오지 않았다.

그들의 관심은 지극히 특정한 수집품에 한정된다. 물질주의는 반대로 광범위한 의미에서 소유를 지향한다. "물질주의적 소비자는 일정한 양의 소유물을 갖추지 못하면 출세나 행복과 같은 목표를 이룰 수 없다고 생각한다." 소비 연구가 제프 왕Jeff Wang과 멜라니 월렌도프는 최근에 나온 연구서에서 이렇게 설명하였다.

물질주의자는 소유물이야말로 행복의 열쇠라고 생각하지만 이런 태도로 인해 정확히 그 반대의 결과를 거둔다. 물질주의 성향이 강할수록 평균적인 삶의 만족도는 떨어지기 때문이다. 그뿐만이 아니다. 최근 들어 학자들은 물질주의가 낳을 수 있는 부정적인 부수현상들을 추가로 발견하였다. 물질주의적인 사람들은 그런 성향 탓에 자의식이 낮고, 대인관계가 원만하지 못하며, 마약 중독과 알코올 중독, 우울증의 성향이 높다. 물론 긍정적인 효과들도 확인되었다. 재산을 향한 욕망은 더 열심히, 더 적극적이고 더 창의적으로 일하도록 독려할 수 있다. 그러나 전체적으로 볼 때 물질주의적 태도는 확연히 삶의 질을 떨어뜨린다. 그 당사자가 부의 사다리를 얼마나 높이 올라갔는지의 여부와 관계없이 말이다.

이런 결과를 어떻게 설명할 수 있을까? 복권을 사는 수백만의 사람들은 그 복권만 맞으면 만족스럽고 즐거운 인생이 찾아올 것이라고 기대한다. 굳이 복권까지 사지 않더라도 더 큰 집, 더 비싼 자동차, 광고가 찬양하는 온갖 물건들을 누릴 수 있기를 바라지 않는 사람이 얼마나 되겠는가. 그런데 왜 현실에서는 더 많은 소유가 자동적으로 더 많은 만족을 불러오지 않는 것일까? 왜 물질주의적인 태도만으로 충분히 불행을 느낄 수 있는 것일까?

랍비 샤흐텔의 행복 공식

1990년 83세의 나이로 세상을 떠난 랍비 히만 유다 샤흐텔은 언변이 뛰어난 사람이었다. 학창시절부터 수많은 웅변대회를 휩쓸었고, 그래서 자신은 사제가 되기 위해 태어난 사람이라고 생각했다. 덕분에 그는 평생 설교단에 섰고 대학에서도 강의를 했으며 라디오 방송은 물론 정기적으로 신문 칼럼까지 썼다. 1965년에는 린든 존슨 대통령의 취임식에서 설교를 하기도 했다. 1954년에 출간된 그의 책에는 지금까지도 인구에 회자되는 유명한 문장이 실려 있다. "행복은 원하는 것을 가지는 것이 아니라 가진 것을 원하는 것이다."

얼마 전 두 심리학자 아미에 맥키반Amie McKibban과 제프 라슨Jeff Larson 이 샤흐텔의 이 명언을 토대로 재미난 실험을 실시하였다. 126명의 대학생들을 모아 총 54가지 물건 (예를 들어 자동차. 전자레인지, MP3 플레이어)과 관련된 아래의 두 가지 간단한 질문을 던진 것이다.

1. 당신은 xy를 소유하고 있습니까?
2. 소유하고 있다면, 당신이 소유하신 xy를 얼마나 좋아하는지 1～9

까지 점수를 매겨주세요.

3. 소유하지 않는다면 xy를 얼마나 갖고 싶은지 1~9까지 점수를 매겨주세요.

그런 다음 학자들은 각 참가자들에게 자신이 가지고 있는 물건을 얼마나 좋아하는지(가진 것을 원하는 값)와 원했던 물건을 얼마나 갖고 있는지(원하는 것을 가지는 값)를 조사하였다. 더불어 설문지를 통해 참가자들의 일반적인 삶의 만족도를 조사하였다.

분석을 마친 결과는 흥미로웠다. 우선 물건의 소유만으로는 행복하지 않다는 사실이 확인되었다. 학자들이 물어본 54가지 물건 중 다수를 소유한 참가자들이 소수를 소유한 참가자들보다 삶의 만족도가 더 높지는 않았던 것이다.

그러나 원래 학자들이 묻고 싶었던 질문은 그것이 아니었다. 그들의 궁금증은 '랍비 샤흐텔의 말이 옳을까?'라는 것이었다. 실험결과 실제로 자신의 물건을 얼마나 좋아하는지의 여부가 큰 차이를 낳았다. "가진 것을 원하는 값"이 높은 사람이 자기 물건에 무관심한 사람들보다 훨씬 행복했다.

하지만 샤흐텔의 공식 중 나머지 반쪽의 타당성은 확인되지 않았다. "원하는 것을 가지는 값"도 행복의 수준에 영향을 미쳤기 때문이다. 갖고 싶은 마음이 강력한 물건을 실제로 많이 소유한 사람은 이루지 못한 것이 많은 사람들보다 행복했다. 이 연구결과를 믿는다면 샤흐텔의 공식은 이렇게 바뀌어야 할 것이다. "행복은 원하는 것을 가지는 것이며 가진 것을 원하는 것이다."

이 문장은 조금 더 자세히 살펴볼 가치가 있다. 더 많은 소유가 자동적으로 행복을 주는 것은 아닌 이유에 대해 이 문장이 흥미로운 출발점을 제공하기 때문이다.

가진 것을 원하다

행복이란 가진 것을 원하는 것이다. 그러나 자기 물건을 아끼고 존중하기란 말처럼 쉬운 일이 아니다. 다들 경험이 있을 것이다. 꼭 사고 싶었던 물건이 있다. 멋진 코트, 최신형 컴퓨터, 깃털처럼 가벼운 21단 자전거……. 하지만 막상 그토록 원하던 물건을 갖게 되면 기쁨은 놀랄 정도로 순식간에 사그라든다. 첫날은 날아갈 듯 행복하다. 한 달 후에도 아직 기쁨은 남아 있지만 첫날처럼 그렇게 환희를 느끼지는 않는다. 그리고 1년이 지나면 왜 그때 내가 그 코트, 그 컴퓨터, 그 자전거를 사고 그렇게 행복했었는지 도저히 이해가 안 된다.

이런 현상의 원인으로 학자들은 특히 두 가지 메커니즘을 꼽는다.

적응 : 우리는 모든 종류의 긍정적 상황에 상대적으로 빨리 적응하는 경향이 있다. 승진이든, 성형한 얼굴이든, 아름다운 물건의 소유든, 잠깐의 시간이 흐르면 그렇게 갈망하던 상태가 지극히 당연하게 생각된다. 그 결과 처음에 느꼈던 행복감이 시간이 가면서 썰물처럼 빠져나간

다. 심리학자들은 이런 현상을 "쾌락 적응hedonic adaptation"이라 부른다.

비교 : 사람들을 혼자 방에 틀어박혀 물건을 보면서 좋아하는 것으로 그치지 않는다. 다들 자기가 가진 것을 남들이 가진 것과 비교한다. 어떤 동네에서 처음으로 메르세데스 벤츠를 구입한 사람은 자기 혼자 그런 멋진 차를 탄다는 생각에 기분이 정말 흐뭇할 것이다. 하지만 세월이 가면서 이웃들이 하나둘 비슷한 차를 사기 시작하면 아무도 그런 차에 특별한 관심을 보이지 않는다.

적응과 비교 탓에 우리는 좋은 물건을 구입하고도 한순간만 지나면 (구입하기 전에 비해) 자신의 상황이 객관적으로 개선되었음에도 불구하고 더 행복하다고 느끼지 않는다. 오히려 더 불만상태가 될 수도 있다. 앞에서 언급한 시카고 연구의 학자들은 실험 참가자들이 자신의 집에 대해 너무 부정적으로 말하는 바람에 깜짝 놀랐다고 했다. 많은 숫자가 1인당 2개 이상의 방을 쓰면서도 집이 좁다고 투덜거렸다. 따라서 학자들은 사람에 따라 적절한 공간에 대한 생각이 극도로 다를 수 있다고 결론 내렸다. "이 세계 대부분 지역의 사람들이 궁전 같다고 생각할 주거환경에서도 우리 문화권의 사람들은 불만을 느낄 수가 있는 것이다."

원하는 것을 가진다

이로써 우리는 "행복 공식"의 2부에 도달하였다. 행복이란 원하는 것을 가지는 것이라는 공식 말이다. 하지만 이번에도 소유보다는 바람의 크기에 더 무게가 실린다. 원하는 물건을 가질 수 있으려면 자신의 재정상황이 그 소망을 이룰 수 있을 정도가 되어야만 한다. 달리 말해 살 수 있는 물건만 바라는 사람이 행복한 것이다. 그런데 바로 이것이 문제다.

바람은 움직이지 않는 크기가 아니다. 현 상황에 대한 불만, 늘어나는 재산은 물질에 대한 욕망을 키운다. 바람의 규모가 점점 더 커지는 것이다. 소형 자동차 대신 대형 자동차를 사고 싶고, 25평 대신 40평 아파트에 살고 싶다. 미국에서 실시한 설문조사 결과, 실제로 "멋진 인생"의 기준을 부의 수준에 따라 변한다고 한다. 연봉이 3만 달러가 안 되는 사람들은 5만 달러가 꿈의 목표라고 말했다. 하지만 1년에 10만 달러를 버는 사람은 행복의 조건으로 25만 달러를 외쳤다. 소비자들이 사고 싶다고 혹은 꼭 필요하다고 생각하는 물건의 숫자 역시 이미 소유한 물건의 숫자와 더불어 증가한다.

행복을 연구하는 학자들은 바람과 소유, 행복의 관계를 이런 간단한 공식으로 정리한다.

$$행복 = \frac{소유}{바람}$$

이 말은 곧 나의 바람이 늘어나면 예전과 같은 것을 소유해도 더 불행해진다는 뜻이다. 소유물이 더 늘어난다 해도 바람이 소유보다 더 빨리 커진다면 더 불만스러워질 수 있는 것이다.

이런 바람과 소유의 엇박자는 물질주의적 인간의 불만을 설명하는 한 가지 이유가 되기도 한다. 2006년에 나온 제프 왕과 멜라니 윌렌도프의 연구결과를 보면 물질주의자들은 항상 예산을 초과하는 물건을 바란다. 그런 사람들이 신분의 상징을 특히 총애한다는 것은 이미 오래전에 밝혀진 사실이다. 물질주의적인 사람들에게 아끼는 물건이 무엇이냐고 물어보면 추억의 사진이나 직접 그린 그림을 언급하는 일은 거의 드물다. 그들의 마음은 체면을 세워줄 것 같은 패션 디자이너의 옷이나 명품 백, 보석에게 가 있다. 문제는 이런 물건들이 실질적으로 가격의 상한선이 없다는 데 있다. 그들의 삶이 힘든 이유가 바로 여기에 있다. 늘 새 물건, 늘 더 비싼 물건을 사지만 구입하는 순간 다시 불만을 느끼게 된다. 더 많은 명성을 약속하지만 안타깝게도 내 돈으로는 살 수 없는 더 비싼 물건들이 항상 존재하기 때문이다.

문제는 더 있다. 행복을 약속하는 물건들은 많은 시간과 에너지를 집어삼킨다. 카를 라베더도 고백했듯 큰 별장의 유지비용은 장난이 아니다. 자동차도, 정원도, 요트도, 많은 이들이 꿈꾸는 수많은 사치품들도 다 마찬가지이다. 게다가 그런 물건을 살 수 있으려면 일단 열심히 돈을 벌어야 한다. 부모에게 엄청난 유산을 물려받거나 로또에 당첨이 되지 않는 이상 남들보다 더 오래, 남들보다 더 힘들게 일을 해야 한다.

야근과 특근을 감수하고, 물건을 수리하고 닦고 정비해야 한다. 그러느라 행복에 더 효과적인 활동, 예를 들어 친구를 만나고 가족과 함께 시간을 보내고 자연을 찾고 동호회에 가입하는 등의 활동을 멀리해야 한다. 경제학자들은 이를 기회비용이라 부른다. 하나의 대안을 선택할 경우 다른 대안들은 포기해야 한다. 바로 이것이 물질주의적 인간이 상대적으로 불만을 느끼는 이유이다. 행복으로 가는 여러 길 중에서 소유물에만 집중하다보니 목표 도달에 더 유리한 다른 길을 보지 못하는 것이다.

아이들의 소비세계

아동과 청소년의 소비 행태는 특히 논란의 소지가 많은 주제이다. 요즘 아이들은 상표와 신분의 상징이 넘쳐나는 세상에 살고 있다. 덴마크의 한 최근 연구결과를 보면 3세만 되어도 벌써 대중적인 상표의 로고를 알아본다고 한다. 벤츠, BMW, 아우디 등 유명상표의 유아용 전동차 때문에 집에 별도의 차고가 필요한 지경이다. 이름 없는 상표의 청바지를 입거나 스마트폰이 없는 아이들은 친구들 사이에서 왕따를 당한다.

나이키, 게스, 소니 같은 기업들이 어린이 고객들에게 눈길을 돌린 지는 이미 오래다. 용돈으로 직접 물건을 살 수 있는데다 부모의 구매 결정에 영향을 미칠 수 있기 때문에 이들의 소비 잠재력은 몇십 억 달러에 이르는 것으로 추정된다. 기업들은 TV 광고, 문자, 인터넷 광고, 학교 스폰서 등 가능한 모든 방법을 총동원한다. 미국 어린이 1인이 시청하는 광고의 횟수는 연간 4만 회로 추정된다.

우리나라의 경우 아직 그 정도는 아니다. 그래도 부모들의 걱정은 만만치 않다. 실제로 전문가들은 소비세계가 어린아이들에게 미치는 부정적인 영향을 경고한다. 몇 년 전에 나온 한 유니세프 보고서를 보면 미국, 영국, 오스트리아, 덴마크, 프랑스, 독일 등 잘사는 나라 아동들의 정신 건강 전망이 놀랄 정도로 암울하다. 심리 연구결과들 역시 아이들이 물질적 문화에 너무 깊이 빠져들면 해롭다는 지적을 잊지 않는다. 물질주의적 성향이 강한 아동과 청소년은 돈과 신분의 상징에 관심이 덜한 친구들에 비해 만족도와 자신감이 떨어지고 공포가 더 많다. 또 부모와 사이도 더 안 좋고 술을 더 많이 마시며, 학교 성적도 더 낮고 심신 상관 질환을 호소하는 비율도 더 높다. 수천 명의 캐나다 및 중국 청소년들을 비교 연구한 결과를 보아도 중국에서 물질주의적 경향이 증가하면서 중국 청소년들의 우울증이 늘어났다.

그렇다면 어디를 가도 피할 수 없는 이 소비세계의 유혹에서 자신은 물론 자녀들을 지킬 수 있는 방법은 무엇일까? 에리히 프롬은 인간 영혼을 극적으로 변화시킬 수 있는 새로운 사회를 건설하라고 요구하였다. "완전하게 '존재하기' 위하여 모든 형태의 소유를 자진하여 포기할 각오"를 해야 한다고 말이다. 그의 요구사항과 비교하면 요즘 행복학자들의 결론은 훨씬 덜 극단적이다. 그렇지만 그들 역시 자신의 소비행태에 대해 의식적이고도 비판적인 태도를 취하라고 충고한다. 미국의 행복학자 에드 디너Ed Diener는 말한다. "오늘날 우리 모두는 자신이 어느 정도나 증가하는 물질적 동경의 희생물이 되었는지 자문해야 한다."

가진 것을 소중히 여기고 욕심을 조절하라! 소유와 소비의 부정적 영향들을 연구한 결과는 아마 이 두 가지 충고로 요약될 것이다. 어떻게 하면 그럴 수 있는지는 개인적인 문제이다. 어떤 사람들에겐 TV를 적게 보는 것이 좋은 방법일 수 있다. 여러 나라의 연구결과를 보면 TV를 많이 보아서 광고에 많이 노출되는 사람들일수록 소비 지향적 태도를 보인다고 한다.

낮은 자존감과 명품 욕심의 상관관계도 학문적 연구를 통해 밝혀진 사실이다. 다양한 실험을 통해 학자들은 불안감에 시달리는 사람들이 신분을 상징하는 물건에 더 많은 가치를 둔다는 사실을 알아냈다. 실제의 약점 혹은 상상의 약점을 그런 물건을 통해 극복할 수 있다고 희망하기 때문이다. 따라서 열등감을 극복하기 위해 노력하는 것도 물질주의적 성향을 차단하는 유익한 조치일 수 있다. 열등감이 사라지면 물질에 대한 의존도도 줄어들 것이니까 말이다.

특히 아직 자아상이 확립되지 않은 아동과 청소년들의 경우 이 점에 유의해야 한다. 마케팅 교수인 랜 채플린Lan Chaplin과 데보라 존Deborah John이 아동과 청소년을 대상으로 실험을 실시하였다. 실험 참가자들에게 친구들과 선생님들이 다른 아이에 비해 칭찬을 많이 하더라는 말로 그들의 자존감을 추켜세웠다. 그랬더니 아이들의 물질주의적 태도가 급감하였다. 특히 13세에서 14세 청소년에게서 효과가 매우 높아서 물질주의 수치가 절반 이상 뚝 떨어졌다.

개인적으로는 행복과 소유를 연구한 덕분에 내가 어떤 물건을 정말로 아끼는지 명확하게 알게 되었다. 미하이 칙센트미하이의 말은 특히 기억에 오래 남아 있다. "가진 것 중 가장 아끼는 물건이 무엇인지 곰곰이 생각해보면 소비재가 아닌 것이 많다는 사실을 깨닫게 될 것이다." 시카고 연구에 참가한 사람들 중에서도 다수는 아끼는 물건이 정크junk라고, 다시 말해 경제적 가치가 별로 없는 허접한 물건이라고 대답했다. 낡아빠진 소파, 옛날 사진, 아이가 직접 그린 그림……. 내 "보물"의 대부분도 무리 없이 이 목록에 오를 수 있을 것이다.

바로 이런 깨달음에 해방의 메시지가 숨어 있다. 칙센트미하이는 말한다. "늘어나는 소비는 사람들이 살아가면서 추구하는 중심 목표와 가치를 훼손하지 않고도 버릴 수 있는 행동방식이다." 그의 말은 내게도 실질적인 도움이 된다. 타인과의 결속, 개인적인 추억, 자신의 능력이나 재능 등 정말로 중요한 것을 표현하는 데에는 오히려 지극히 소박하거나 낡은 물건이 적합할 때가 많다. 그런데도 왜 우리는 쉬지 않고 새로운 소비재, 비싼 소비재를 사야 한다고 생각하는 걸까?

물건과 작별하기

미국 작가 T.C. 보일은 괴이한 단편소설 『불결한 것Filthy with Things』에서 물건에 치이다 못해 정리 정돈의 전문가에게 도움을 청한 한 부부의 이야기를 들려준다.

랙스너 부부의 집은 빈자리를 찾아볼 수 없을 정도로 짐이 엄청나게 많다. 가든 하우스는 문도 안 열릴 지경이고 베란다에도 책장과 장롱, 흔들의자가 천장까지 차곡차곡 쌓여 있으며, 사실 거주가 불가능한 집 안에도 도처에 물건들이 들어 차 있다. 마샤가 마지막 전리품인 마호가니 장을 집으로 들고 오자 남편 줄리안은 마침내 사태를 파악한다. 이대로는 도저히 안 된다! 그는 전문가를 불러 자신들의 물건 ―자신들의 인생—을 정리 정돈하기로 결심한다. 과감한 원칙주의자 수잔 서튼은 일을 시작하기에 앞서 이 집의 핵심문제를 진단한다. 그녀는 이들 부부가 "더럽고" "불결하다"며 (프로이트의 구순 특성을 떠올리게 하는 표현이다.) 이들을 다시 깨끗하게 만들 수 있는 사람은 자신뿐이라고 주장한다. 랙스너 부부가 계약서에 사인을 하고 하루 1,000달러의 요금을 지불하자 전문가 팀이 일을 시작한다. 마샤는 그동안 "수집 장애"를 겪는 사람들을 보살피는 치료 센터에 들어가고 줄리안은 중독 환자 가족이 기거하는 요양원으로 입주한다.

일주일 후 부부가 집으로 돌아오니 집이 완전히 텅 비었다. 침대도, TV도, 남편이 아끼던 망원경도 사라져버렸다. 그런데 계약서에는 6일 동안의 유예기간을 허용하는 조항이 들어 있었다. 그러니까 부부는 매일 집안 물건들을 보관해둔 창고에서 한 가지 물건을 가져올 수 있었던 것이다. 나머지 물건은 경매에 붙여버린다. 그러나 서튼은 단언했다. "전혀, 한 가지도 물건도 다시 가져오지 않는 부부가 얼마나 많은지 알면 놀라실 겁니다."

물론 보일이 들려준 이야기는 극단적인 사례이다. 완전히 통제를 벗어난 마샤의 수집욕은 정상적인 삶을 불가능하게 만들 지경이고, 고객을 "재단하고, 짓밟는" 것이 즐거워 보이는 정리 정돈의 전문가 수잔 서튼 역시 극단적이기는 마찬가지이다. 대부분의 사람들은 자기 물건의 양을 조절할 줄 알고, 정리의 전문가들 역시 무조건 집을 백지로 만들어버리지는 않는다. 그래도 이 작품은 우리 모두가 알고 있는 지점을 건드

린다. 구석구석 들어찬 물건들, 어떤 것은 두고 어떤 것은 버릴지의 힘
겨운 결정, 무언가를 버릴 때면 스멀스멀 밀려드는 그 복잡한 심정을 말
이다.

　　　　　　　　　　1장에서는 의도하지 않은 물건의 상실을 다루었
지만 이제 이 장에서는 자발적인 작별을 이야기하려 한다. 물론 여기서
자발적이라는 말을 쉽다는 말과 헷갈리면 안 된다. 앞에서도 집을 줄이
거나 요양원으로 들어가야 해서 물건과 작별해야 하는 노인들이 얼마
나 힘겨워하는지 이야기한 바 있다. 하지만 작별의 어려움은 나이의 문
제가 아니다. 체계적으로 정리 정돈을 해본 경험이 있는 사람은 다 알겠
지만 젊은 사람들도 불안과 의혹에 시달린다. 너무 튀는 것 같아서 안
입는 저 비싼 코트를 정말 중고 가게에 갖다주어야 할까? 며칠 밤을 새
워 만든 연구 자료를 버리고 나서 후회하지 않을까? 고장이 자꾸 나기
는 하지만 아름다운 추억이 깃든 차인데 정말 새 차로 바꾸어야 할까?

　심리학자들과 소비학자들은 전통적으로 물건의 구입과 소유에 더 많
은 관심을 기울인다. 하지만 지난 몇 년 동안 물건과의 작별이라는 주제
도 이들의 시야로 들어오기 시작했다. 최근 들어서는 물건과 헤어지기
가 어려운 이유까지도 심리학과 경제학의 경계 분야에서 집중 토론되

고 있는 중이다. 전통적인 인터뷰에서 교묘한 실험실 실험과 자기공명영상MRI에 이르기까지, 연구에 동원되는 방법들도 실로 다양하다.

그렇다면 특정한 물건과 작별을 할 때는 어떤 마음일지, 그에 관한 정보는 어떻게 얻을 수 있을까? 미주리 대학교 교수인 소비학자 캐서린 로스터Catherine Roster는 몇 년 전 판매 광고를 낸 사람들과 접촉을 해보았다. 대다수는 정리 정돈의 차원에서 몇 가지 물건을 팔려고 내놓은 사람들이었다. 또 이사를 하게 되어서 필요 없는 물건을 내놓은 사람들도 있었고 집을 줄이거나 집을 아예 팔아치우려는 사람들도 있었다. 로스터는 그중에서 22세에서 75세 사이의 21명과 집중 인터뷰를 나누었다. 그들에게 팔려고 선별한 물건들과 과거 어떤 관계였는지를 묻고, 그 물건을 고른 이유와, 선별 전략, 선별할 때의 느낌도 물었다.

그녀는 인터뷰 결과를 이렇게 요약하였다. 물건을 버리는 것은 하나의 사건, 개별적 행위가 아니라 주인이 한 걸음 한 걸음 물건과 헤어지는 하나의 과정이다. 이별의 정확한 순간을 판단하기란 거의 불가능하다. 물건의 소유가 시간을 요하는 것처럼 "몰수"도 하루아침에 일어나는 사건이 아니기 때문이다. 이별은 간단하지도, 단선적으로 진행되지도 않는 과정이다. 그래서 로스터는 말한다. "물건과의 이별은 오래 걸릴 수도 있고 비열할 수도 있다." 이별은 세 단계를 거쳐야 하며, 각 단계마다 나름의 장애와 난점이 있다.

거리두기 : 물건과 헤어지려면 우선 자신과 물건 사이에 일정 정도의

거리를 조성해야 한다. 완전히 현실적인, 물리적인 거리일 수도 있다. 인터뷰에 응한 사람들 중 많은 수는 이별의 후보들을 몇 년 동안 다락방이나 지하실, 가든 하우스나 차고 등지에 보관했었노라고 대답했다. 아예 꽁꽁 숨겨놓거나 잘 안 지나다니는 장소에 보관해둔 경우도 있었다. 특히 선물로 받았는데 마음에 안 드는 물건인 경우가 많았다. 이름이 샐리인 한 여성은 시어머니에게서 받은 사슴 그림이 너무 싫어서 그걸 시야에서 쫓아내기 위해 갖은 방안을 구상했다. "내 평생 그렇게 싫은 물건은 처음이었어요. 이 방 저 방으로 옮겨 보관했는데 항상 제일 눈에 안 띄는 구석에다 놓아두었지요. 결국엔 지하실로 쫓아버렸답니다." 다른 사람들도 싫지만 선물을 해준 사람이 실망할까봐 겁이 나서 함부로 버리지를 못하는 물건이 있다고 대답했다.

마음이 먼저 멀어진 경우도 많았다. 아기가 태어나서, 이사를 하게 되어서, 직장을 구하는 바람에 이제는 특정한 물건이 자신의 정체성을 대변하지 못한다는 느낌을 받게 되는 것이다. 눈에 띄지 않는 변화들, 유행의 변화나 외양에 대한 불만, 물건의 기능, 더 우수한 물건의 구입 등을 계기로 물건과 주인 사이에 틈이 생길 수도 있다.

이 단계의 감정은 철저히 이중적이다. 참가자 대부분은 주저하였다. 물건이 아직 필요할지도 모르겠다는 생각을 떨치지 못했고 추억이 깃들어 있다고 생각했기 때문이다. 하지만 그 물건을 계속 간직하는 것은 낭비라는 것도 잘 알고 있었다. 그러므로 이 단계는 변화의 소망과 의혹이 긴장관계에 있는 냉각기이다. 물론 언젠가는 통각역치에 도달한다.

로스터는 말한다. "참가자들은 아직 의혹이 다 가시지는 않았지만 이제는 과거 및 과거의 정체성을 대변하는 물건들과 헤어져야 할 때라는 것을 확실히 인정하였다."

물리적 이별 : 두 번째로 물건을 실제로 버리거나 팔거나 선물로 주거나 기부하는 단계이다. 물론 이 역시 간단하지 않다. 이별의 고통을 덜기 위해 다시 한 번 그 물건에 얽힌 추억을 떠올리기도 하고 물건을 깨끗하게 닦거나 원래 상태로 되돌려 자신의 흔적을 지우려 애쓴다. 새 주인에게 물건의 가치를 열심히 선전하는 사람도 있고, 떨이라는 인상을 주지 않기 위해 가격 하한선을 정하기도 하며 새 주인에게 물건에 얽힌 자신의 개인적인 스토리를 들려주기도 한다.

반성과 정서적 이별 : 이제 마지막 단계이다. 자기 결정의 경제적, 실질적, 심리적 결과를 고민한다. 대부분의 사람들은 이 단계에서 긍정적인 감정을 느낀다. 물건을 책임지지 않아도 된다는 생각에 한결 마음이 가벼워지고, 내 과거의 일부가 끝났다는 생각에 홀가분해지며, 빈 공간을 새롭게 채울 수 있어 기쁘다.

간혹 부정적인 감정을 호소한 경우도 있었다. 제인이라는 한 여성은 1920년대 산 유리 접시를 고작 몇 센트를 받고 벼룩시장에서 팔아치운 후 내내 후회를 하였다. "첫 손님에게 다 팔아치웠어요. 그렇게 좋은 물건을 그렇게 헐값에 넘겨버리다니! 내가 무슨 생각으로 그랬던 걸까요. 할머니가 물려주신 접시였는데." 그런 후회와 상실감은 오래 계속되며 괴로움을 줄 수 있다.

로스터의 글을 읽으면서 느낀 바지만, 의미 있는 물건이 허섭스레기가 되는 건 순식간이다. 정체성의 변화가 원인인 경우가 많다. 자아상이 변하면 정체성에 도움이 되던 물건도 순식간에 자신과 아무 상관없는 임의의 쓰레기가 될 것이다. 그리고 그런 물건과는 쉽게 작별을 고할 수 있는 법이다.

이런 차원에서 수도원에 들어가는 것보다 더 급진적인 변화는 없을 듯하다. 나는 본의 지그부르크에 있는 미하엘스베르크 수도원을 찾아가 수사들과 물건에 대해 이야기를 나누어보았다. 그 베네딕트 수도원에 들어가려면 가지고 있던 대부분의 물건과 작별을 고해야 할 테니 말이다. 수사들은 영원서약을 하기 전에 몇 가지 개인적인 물건만 빼고 가진 물건을 전부 친구나 친척들에게 나누어주거나 수도원에 양도해야 한다.

고풍스럽고 소박한 장식의 접견실에서 나는 플라키두스 수도원장과 마주 앉았다. 키가 크고 마른 82세의 수도원장은 지난 30년 동안 수도원을 이끌어왔다. 수도원장이라는 자리에 있다보니 예비 수사들은 어떤 물건을 가지고 들어올 수 있는지, 수사들은 어떤 선물은 받아도 좋은지를 그가 결정해야 한다. 자신은 1948년 수도원으로 들어올 당시 정말로 아무것도 들고 오지 않았다. "몸에 걸친 옷 한 벌이 전부였습니다."

개인 물건을 소지할 수 없다는 의무는 수도서원과 더불어 적용되는 규칙이지만 "예비 신부들도 허락되지 않은 물건은 가지고 있을 수 없습니다. 수도원에 어울리는 물건만 허락됩니다." 많은 예비 수사들이 힘들어 하는 부분이지만 수도원장의 입장은 단호하다. "살다보면 환경이 생각보다 더 강제적일 때가 많은 법이니까요."

두 번째 대화 파트너는 40대의 수사 프라터 요제프^{Frater Josef}였다. 젊은 사람답게 자기 생각을 표현하는 데 거리낌이 없었다. 정성껏 다듬은 수염과 스포티한 안경을 낀 그는 "짱이야" 같은 표현을 사용했고 MP3 플레이어와 컴퓨터에도 능숙했다. 검은 수사복만 안 입었다면 누구도 수사라고 생각하지 못할 것이다. 예전엔 간병인으로 일했고 수도원의 접견실을 담당하다가 2010년 초 영원서약을 했다.

5년 전 수도원으로 들어올 당시 그는 살림살이와 자신의 자연치료 진료실을 완전히 포기하였다. 하지만 정서적으로 별 문제를 겪지 않았다. "이게 내 길이라는 확신이 들었기 때문에 다 포기해도 문제가 없었지요." 자동차는 수도원 소유로 넘어갔다. 그것도 괜찮았다. "저는 보통 남자들과 달리 차에 별 애정이 없거든요." 그가 웃으며 말했다. 개인적인 물건도 극소수만 가지고 왔다. 지금 수사복 밑에 입고 있는 셔츠 몇 벌, 바지 몇 벌이 전부이다. 그 밖에 꼭 간직하고 싶은 편지들, 옛날 사진 한 통, 그건 수도원에서도 허락했던 물건이었다. 하지만 아무리 좋은 추억이 있어도 추억의 물건을 한 차 가득 싣고 오는 건 곤란하다. "그런 광경을 보면 이런 의문이 듭니다. 저 사람은 옷만 수사복으로 바뀌었지 과거와 다른 게 뭘까? 과연 이곳 생활에 적응할 수 있을까? 수도원에 들어오려면 한 가지는 분명히 알아야 합니다. 이제는 이 공동체가 내 가족이며, 이곳에 적응해야 하는 거지요. 그러자면 변화가 필요합니다. 전혀 다른 생활방식이니까요."

낡은 것이 사라진 곳에
새것이 자랄 수 있다

세속에 살면서 이런 출가자들처럼 극단적으로 물건과 작별을 고하는 경우는 사실 그리 많지 않다. 그럼에도 청소년에서 성인으로 넘어가는 과도기, 이사, 직장, 파트너의 죽음 등 우리에게도 작별의 계기가 될 만한 사건들은 충분하다.

여러 가지 관점에서 물건은 배우의 분장과 같다. 새로운 역할을 맡으면 분장도 달라져야 한다. 마찬가지로 생활환경이 바뀌고 상황이 변하면 우리 곁을 지키는 물건도 바뀌어야 한다. 소비학자 멜리사 영Melissa Young은 19세에서 39세까지의 사람들에게 물건과 작별하게 된 이유와 상황에 대해 물었다. 어떤 형태든 역할의 변화를 원인으로 꼽은 경우가 50퍼센트에 육박하였다. 한 젊은 여성은 취직을 하면서 대학 시절에 타던 차를 남동생에게 물려주었다. 남자친구와 찍은 사진들은 관계가 깨지고 다시 싱글이 되면 없애버리는 것이 보통이다. 물건을 버린다는 것은 이처럼 심오한 상징적 의미를 갖는다. 영은 말한다. "사람들은 물건을 기분에 따라 그냥 버리지 않습니다. 세심하게 계획한 조치가 있어야 역할 변화가 수월해집니다. 의식적이든 무의식적이든 그런 조치들은 옛것을 내다버리고 새것에게 자리를 내어주는 데 큰 도움이 됩니다.”

이런 “내다버리기”가 상당히 극적인 경우도 있다. 예를 들어 머나먼 타국에서 새로운 인생을 시작하려는 이민자들의 경우 옛 물건들을 대부분 다 버리고 온다. 특히 미국에 온 인도 이민자들을 설문조사한 결과에서도 알 수 있듯, 이민이 사회적 신분 상승과 연계되는 경우 더욱 그런 경향이 높다. 그 연구를 진행하였던 라지 메타Raji Mehta와 러셀 벨크는 이렇게 말한다. “공식적인 이행 의식이 없는 시대엔 지극히 개인적인 의식을 도입할 수 있다. 옛 물건들을 버려 ‘몸을 깨끗이 하고’ 타국으로 이사를 한 후 어느 정도의 이행 기간이 지났을 때 추구하는 역할을 상징하는 새 물건들을 장만하는 것이다.”

부부가 이혼을 할 때도 대부분은 함께 살 때 마련한 물건들을 뱀 허물 벗듯 벗어던진다. 미국의 제임스 알렉산더James Alexander는 가난한 집안 출신의 한 남성을 사례로 들었다. 야간대학을 다니며 열심히 공부해 변호사가 된 남자는 날이 갈수록 배우지 못한 아내가 부끄러웠다. 아내는 여전히 싸구려 가게의 바겐세일을 쫓아다니고 변호사 동료들이 있는 자리에서 부끄러운 언행을 서슴지 않았다. 결국 두 사람은 헤어졌고 남자는 이혼을 하면서 살림살이 일체를 아내에게 주었다. 과거의 기억을 버리고 변한 자아상에 더 잘 어울리는 새 물건을 구입하고 싶었던 것이다. 이처럼 물건을 버리는 것은 새 물건을 구입하는 것과 마찬가지로 정서적으로 중요하고 상징적인 행동이다.

물건을 버리지 못하는
이유

살면서 가끔씩 물건과 작별을 하는 것이 우리 개인의 발전에도 도움이 된다. 그런데도 왜 우리는 작별을 힘들어 하는 걸까?

관련 서적들은 작별을 가로막는 다양한 이유들을 열거한다. 향수, 소중한 추억, 부모에게 물려받은 버리기 혐오증, "다음에 쓸 일이 있을지 몰라" 증후군, 양심의 가책, 탐욕, 습관, "다다익선"의 분위기, 저장 강박증 같은 강박 질환…….

이런 이유들 말고도 학자들 간에 뜨거운 논란이 되고 있는 흥미로운 이유가 하나 더 있다. 바로 보유효과endowment effect이다. 행동경제학의 창시자이며 현재 미국 시카고 대학에 재직 중인 경제학자 리처드 탈러Richard Thaler가 30년 전에 처음으로 이름 붙인 현상이다. 이 현상에 대해서는 일련의 다양한 설명들이 있지만 요지는 어떤 사람에게 한 물건이 가치가 있는 것은 오직 그가 그것을 소유하기 때문이다.

1989년 경제학자 잭 네취Jack Knetsch는 그사이 고전이 되어버린 한 실험을 통해 실제로 보유효과가 존재한다는 사실을 확실히 입증하였다. 대학생들에게 커피 잔과 초콜릿 바 중에서 어떤 것이 더 가치가 있는지 고르라고 했더니 양쪽을 고른 숫자가 별로 차이나지 않았다. 그런데 그들에게 커피 잔을 하나씩 선물한 후 나중에 그것을 초콜릿 바와 바꾸자고 했더니 다들 거절하였다. 커피 잔이 자신의 것이라는 사실만으로 커피 잔에 대한 평가가 올라가면서, 애당초 커피 잔과 똑같이 좋아했던 초콜릿 바보다 훨씬 가치가 크다고 생각한 것이다.

또 한 번의 실험에서 탈러와 네취, 그리고 노벨상 수상자인 심리학자 대니얼 카너먼^{Daniel Kahneman} 역시 이 효과가 얼마나 강력한지 입증하였다. 그들은 실험 참가자의 절반에게 커피 잔을 선물해주고 누가 사겠다고 하면 얼마에 팔겠느냐고 물었다. 나머지 절반에게는 커피 잔을 주지 않고 얼마면 그것을 사겠느냐고 물었다. 대답은 천지 차이였다. "구매자"는 평균 2.87달러를 제시했지만 "판매자"는 커피 잔과 이별하는 대가로 무려 7.12달러를 요구했다. 커피 잔을 소유함으로써 소유자의 눈에 비친 가치가 2.5배나 올라간 것이다. 낡은 자전거의 주인이 그 자전거를 사겠다는 사람에게 50유로를 달라고 하면서 막상 자기가 살 때는 비슷한 자전거의 대가로 많아야 20유로를 주겠다고 대답한 경우도 있었다.

그런데 정작 경제학자들은 이런 실험결과를 인정하지 않으려 했다. 보유효과 이론이 물건의 가치를 엄격한 합리적 관점에서 판단하는 경제학 이론과 너무 모순된다는 것이었다. 커피 잔이나 자전거를 팔 때 요구하는 가격은 수요와 공급, 구매 가격과 효용가치에 좌우될 뿐, "내 것이다"와 같은 감상이 끼어들어서는 안 된다고 말이다. 그후 경제학자들은 실험실 실험, 시장 시뮬레이션, 현장 조사 등으로 통해 보유효과를 집중 연구하였다. 물건의 종류도 ―와인병에서 안경, 계란, 복권에 이르기까지― 다양하게 골랐고 미국인, 유럽인, 아시아인, 성인, 아동 등 다양한 인종과 계층을 두루 거쳤다. 결과는 놀라웠다. 어떤 실험을 해도 보유효과의 정당성이 확인되었던 것이다.

이런 "내 것"의 효과에는 침팬지조차 면역이 안 되는 모양이다. 내쉬빌의 밴더빌트 대학교에 재직 중인 생물학자이자 법학자 오웬 존스Owen Jones와 영장류학자이자 애틀랜타 조지스테이트 대학교의 심리학과 교수인 사라 브로스넌Sarah Brosnan은 네취의 실험을 변형시켜 33마리의 침팬지를 대상으로 실험을 실시하였다. 커피 잔과 초콜릿 대신 땅콩버터가 든 튜브와 오렌지 주스로 만든 아이스 바가 사용되었다. 보통 침팬지들은 맛난 것이 있으면 금방 먹어치우기 때문에 먹는 데 시간이 걸리는 음식을 골라 침팬지들에게 교환의 가능성을 제공하려 한 것이다. 침팬지들은 일단 몇 초 동안이라도 "소유하였던" 음식은 거의 다른 음식과 바꾸려고 하지 않았다. 즉 땅콩버터를 먼저 건네받은 침팬지는 80퍼센트가 나중에 아이스 바를 주어도 받으려고 하지 않았다. (아이스 바를 먼저 건네받은 침팬지도 마찬가지였다.) 반면 땅콩버터와 아이스 바를 동시에 건네받은 침팬지는 60퍼센트만 땅콩버터를 고집하였다.

오늘날 보유효과는 한 논문의 제목처럼 "행동경제학 분야의 가장 중요하고 가장 강력한 경험 연구의 결과"로 꼽힌다. 그사이 언론의 관심도 쏟아져 잡지와 신문에 이와 관련된 수많은 논문과 기사가 실렸다. 그것만이 아니다. 기업들도 이 효과를 통해 이윤을 창출하기 위해 노력 중이다. 자동차 거래상들은 고객에게 며칠 동안 차를 타보라고 권한다. 가구업체는 비싼 옷장을 반품이 가능하다는 조건으로 몇 달 동안 대여한다. 오직 서비스 정신에서 나온 권유일까? 기업들은 알고 있다. 일단 자기 집으로 들인 물건은 다시 갖고 나오기가 힘들다는 사실을.

경제학자들을 중심으로 많은 학자들은 자기 물건에 대한 이런 인간의 허약함에는 상실의 혐오가 숨어 있다고 전제한다. 인간은 상실을 획득보다 더 충격적으로 경험하므로 설령 헤어지는 것이 합리적이라 하더라도 상실을 기피한다. 그래서 우리는 아무리 낡았더라도 자신의 자전거를 합리적인 가격으로는 팔려고 하지 않는다. 그것을 잃어버렸다는 상실감이 두렵기 때문이다.

최근의 신경학 연구들도 이런 주장의 정당성을 입증한다. 스탠퍼드 대학교의 브라이언 넛슨Brian Knutson은 실험 참가자들이 물건을 보유할 것인지 보유하지 않을 것인지 고민하는 동안 그들의 뇌 활성도를 관찰하였다. 실제로 그들의 뇌에서는 경제적 손실의 인식과 결합된 뇌 부위가 활성화되었다. 그러니까 실험 참가자들의 고민은 결정의 "상실 측면"에 집중되었던 것이다. 이런 두려움의 뿌리는 진화에 있을 것이라고 많은 학자들은 추측한다. 우리 조상들에게 교환은 설사 공정해 보인다 해도 선뜻 응하기 힘든 것이었다. 돈도 계약서도, 법도 없는 공동체에서 교환을 하다가 속임수를 당한들 어찌 알 것이며 또 어찌 보상을 받겠는가. 그러니 자기 물건을 갖고 있는 편이 훨씬 더 낫다. 이렇게 보면 물건에 대한 집착은 다윈이 말한 자연 선택으로 볼 수 있으며 인간의 유전자에 이미 뿌리를 내린 특성인 것이다.

보유효과를 설명하는 또 한 가지 이론이 있다. 인간은 일반적으로 자신을 과도하게 긍정적인 시선으로 보는 경향이 있다는 이론이다. 심리학자들을 필두로 많은 학자들은 이런 "장미빛 관점"이 자신의 소유물에게로 확장된다고 주장한다. 인간은 소유물을 자신의 일부로 보기 때문이다. 스스로를 객관적으로 볼 때보다 더 지적이고 기품 있고 개방적인 인간으로 생각하듯 자기 물건의 가치와 미학, 실용성에 대해서도 과대평가를 한다. 앞에서 말한 자전거의 경우에도 자신의 자전거가 얼마나 삐걱거리고 얼마나 녹이 슬었는지 깨닫지는 못하면서 친구의 비슷한 자전거를 보면 "사겠다는 사람 있으면 가격 따지지 말고 넘기라"고 충고를 할 것이다.

여러 경험 연구들이 이런 설명의 정당성을 입증한다. 심리학자 제임스 베건James Beggan의 실험에서는 실험 초기에 단열 주전자를 선물로 받은 참가자들이 받지 못한 참가자들에 비해 주전자를 훨씬 시각적으로 매력적이라고 생각했다. 다른 실험에서는 복권에 당첨되어 상품을 탄 사람들이 당첨되지 못한 사람들에 비해 상품을 훨씬 가치 있고 예쁘고 실용적이라고 평가했다.

경제학자들과 심리학자들은 두 가지 이유 중에서 어떤 쪽이 더 중요한지를 두고 여전히 토론을 벌이고 있다. 어떤 결과가 나올지는 좀 더 두고 봐야겠다. 다만 한 가지는 분명하다. 자신의 물건이라는 이유만으로 그 물건에 집착하는 성향은 우리의 심리에 확고하게 각인되어 있다.

결과는 복잡하다. 돈을 주고 샀건 선물로 받았건, 필요하다고 생각하건 보기 싫다고 생각하건, 우리 집 문턱을 넘어와서 우리 소유물의 일부가 되는 순간 물건은 자동적으로 강력한 흡인력을 발휘한다. 우리 집 서랍과 옷장과 선반이 혼자서 저절로 꽉 차는 것 같은 느낌은 다 이런 이유 때문인 것이다.

전문가의
충고

자꾸만 쌓여가는 쓸데없는 물건들 때문에 고민을 해보지 않은 사람이 누가 있을까? 프라터 요제프의 말대로 수도원조차 예외가 아니다. "정기적으로 방을 비워야 합니다. 물건을 다락으로 옮기지 말고 쓰레기통으로 가져가야 합니다. 다락에 두면 다른 사람이 치워야 하거든요." 이 실용적인 수사는 놀랄 정도로 이 문제의 전문가이다. 정리 정돈에 관한 조언서들도 많이 읽었고 거기서 권한 몇 가지 방법을 실행에 옮겨 성공을 거두기도 했다. 예를 들면 "안 쓰는 물건은 상자에 넣어 6개월 동안 보관했다가 그 기간에도 쓰지 않으면 버린다"와 같은 방법이다. 그가 사는 수도원에는 정해진 창틀이 있다. 다들 필요 없는 물건이 생기면 그곳에 갖다둔다. 그럼 다른 수사들이 와서 보고 필요할 때 가져간다.

속세를 떠난 성직자들까지도 정리 정돈을 고민할 정도니 우리 같은 세속인이야 더 말해 무엇하겠는가. 이미 이 분야까지 진출한 발 빠른 업체들이 있다. 정리 정돈의 방법을 가르치는 조언서가 하루가 다르게 선을 보이고 정리 정돈의 장애물을 넘을 수 있게 도와준다는 비법들이 넘쳐난다. 직접 가르쳐주는 강의도 있고, 그것으로도 안 되면 전문 업체나 전문가에게 도움을 청할 수도 있다.

그래서 나도 이 분야를 슬쩍 한 번 들러보았다. 주로 정리의 방법, 실질적인 문제에 집중하는 정리 정돈의 전문가들이 많았다. 그렇지만 내 경우 심리적인 문제에도 정통한 사람들이 더 흥미를 끌었다. 그런 전문가 중 한 사람이 이레네 알레프Irene Alef이다. 웹사이트에서 확인해보니 그녀는 전직 미용사로 심리 치료 면허증 소유자였다. 그녀의 모토는 "용기 있는 자만이 삶의 질서를 얻는다"이다.

우리는 화창한 늦여름에 쾰른－쥘츠의 카페 사모바르에서 만났다. 밖에 앉아도 될 정도로 날씨가 따뜻했다. 알레프는 꾸밈없는 성격에 듣기 좋은 조용한 목소리를 가진 중년 여성이었다. 방금 전에 이웃 마을 장에 갔다 왔다고 했다. 싼 옷을 찾아 자주 들리는데 카키색 바지 위, 빨간 가죽 재킷 안에 받쳐 입은 헐렁한 연보라색 셔츠도 거기서 샀다고 했다. 청소 서비스를 시작한 지는 2년 정도 되었단다. 정리 정돈 일이 아주 적성에 맞는다고 했다.

고객들은 다양한 이유로 그녀를 찾는다. 가족의 죽음이나 이혼, 요양원으로 들어가는 등의 구체적인 계기가 있는 경우가 많았고, 살면서 자기도 모르는 사이 물건이 너무 많아져서 힘들다는 사람들도 있다. 그런데 많은 사람들이 그녀에게 정리 정돈을 의뢰하면서 수치스러워 한다.

"정리 정돈 같은 일은 혼자 알아서 처리할 수 있어야 한다고 생각하는 겁니다." 대부분의 의뢰인은 여성이다. 남성들의 경우 파트너에게 상품권을 받았거나 알레프의 자동차 문에 찍힌 광고를 보고 관심을 가진 경우이다. 경험상 남녀의 행동은 차이를 보이는데 남성은 배경 정보에 더 관심이 많고 지적인 질문을 많이 한다. 반면 여성들은 훨씬 실용적이다.

고객들의 주된 부탁은 확실성의 창출이다. 어떤 물건을 어디다 두어야 할지 감을 잡지 못하겠다는 것이다. 그동안 저장 강박증인 사람들도 많이 만났다. 하지만 경험상 강박증 환자와 정상인의 구분은 불가능하다. "저장 강박증이든 아니든 정리 정돈의 1차적 문제는 이 물건이 나중에 필요할지도 모른다는 집요한 의혹입니다."

고객이 일을 의뢰하면 그녀는 제일 먼저 집 안의 어떤 장소가 특히 시급한지부터 묻는다. 그리고 그곳부터 정리를 시작한다. 고객들에게 실질적인 정보를 가르쳐주는 것도 중요하지만 정서적인 절차가 더 중요하다고 그녀는 생각한다. 그리고 무엇보다 신중해야 한다. "일단 버리면 되돌릴 수가 없습니다. 나중에 후회할 수도 있거든요." (특히 타인의 물건인 경우 그렇다. 내게도 아픈 경험이 있다. 결혼 초기 나는 남편의 낡은 샌들을 물어보지도 않고 쓰레기통에 버렸다가 10년 동안 지청구를 들었다. 지금도 나를 공격할 때 종종 써먹는 남편의 레퍼토리다.)

따라서 관심과 신중함으로 접근하는 것이 중요하다고 알레프는 말한다. 그녀는 고객들에게 물건 하나하나를 전부 집어들고 자문하라고 권한다. 이 물건은 내게 어떤 의미가 있을까? 이 물건을 보면 어떤 감정이

솟구치나? 버리기로 결심을 굳혔을 때는 감사의 태도로 임해야 한다. "그 물건을 다시 한 번 존중하고 다시 한 번 감사의 인사를 전해야 합니다. 그래야 나중에 후회하지 않습니다. 물건을 덜 그리워하게 되는 거지요." 그럼에도 정리 정돈은 힘든 과정이다. 물건과의 이별은 알레프 같은 전문가에게도 고되고 힘에 부친다. 아무리 시간이 없어도 하루 5시간 이상은 일하지 않는다는 것이 그녀의 원칙이다. 어떨 땐 조언을 한 후에 울음이 터지기도 한다. 그것만 봐도 소유와 집착이 얼마나 많은 에너지를 품고 있는지 알 수 있다.

정리 정돈을 하면 어떤 점이 좋을까? 그녀의 많은 고객들이 해방감을 느꼈다고 말한다. "물건을 버리고 줄이면 자신에게 조금 더 다가가게 됩니다. 꽉 찬 공간에서는 자신을 느끼기가 힘든 법이지요."

적을수록
많다

정리 정돈은 영혼에 유익하다. 청소 전문가들이 한결 같이 전하는 메시지이다. 영국 청소업계의 위대한 여인 카렌 킹스턴Karen Kingston은 『아무것도 못 버리는 사람 ─ 풍수와 함께하는 잡동사니 청소』에서 철저한 청소를 통해 없앨 수 있는 문제의 리스트를 줄줄이 열거한다. 피로, 권태, 잡스러운 생각, 과거, 불필요한 비용. 부조화, 분쟁, 심지어 우울증, 비만, 기타 다른 건강 문제까지, 모두 청소를 통해 해결할 수 있단다.

이런 주장을 어떻게 받아들여야 할까? 유감스럽게도 아직까지 이 문제를 체계적으로 연구한 학자는 거의 없다. 하지만 최근 들어 간접적이나마 청소의 효과를 지적한 몇 가지 연구결과가 공개되었다. 예를 들어 프린스턴 대학교의 두 여성 신경학자는 직접적 환경에 있는 대상들이 특정 뇌 부위의 활동에 얼마나 영향을 미치는지 조사하였다. 그리고 이런 결론을 내렸다. "한 사람의 시야에 들어온 다수의 동시적인 시각적 자극은 시각령에 환기된 활동을 서로 억누르면서 신경 표상neuronal representation을 두고 경쟁을 벌인다." 쉽게 말해 주변이 무질서하면 한 가지 일에 집중하기가 힘들다는 뜻이다. 무질서를 어린아이나 애완동물에 비교하면 이해하기가 훨씬 쉬울 것이다. 뒤에서 아들과 딸이 싸우고 있거나 개가 이상한 소리를 내고 있으면 책에 집중하여 읽기가 힘들다. 마찬가지로 여기저기 놓여 있는 물건들은 서로 주인의 관심을 끌기 위해 경쟁을 벌인다. 아직 풀지 못한 다이빙 용품은 나의 생각을 지난 휴가로 이끌어가고, 책상에 쌓인 서류더미는 "좀 치워줘!" 라고 외치는 것 같다. 계속 책을 읽을 수는 있겠지만 정신은 산만할 것이다. 정리 정돈이 되지 않는 어지러운 환경은 집중만 방해하는 것이 아니다. 학자들이 입증한 바와 같이 정보 처리도 원활하지 않다.

예일 대학교의 두 심리학자는 거기서 한 걸음 더 나아갔다. 로렌스 윌리엄스Lawrence Williams와 존 바르John Bargh는 일련의 실험을 통해 공간의 협소함을 인식하면 정서적으로 더 민감해지고 과도하게 신중해지며 신의를 더 잘 지킨다는 사실을 입증하였다. 그들은 각 실험마다 실험 참가자들에게 직교 좌표계에 두 개의 점을 찍게 하였다. 어떤 사람은 점의 간격이 가까웠고 다른 사람들은 점의 거리가 멀었다. 그런데 다른 실험에서도 알 수 있듯 이런 단순한 과정을 통해서도 협소함과 광활함의 감정이 생겨날 수 있다. 그 후 학자들은 이런 다른 공간적 경험이 정서적 체험에 어떤 영향을 미치는지 조사하였다. 참가자들에게 난감한 상황이나 폭력적인 사건을 묘사한 글을 읽으라고 부탁한 것이다. 공간적으로 넓다는 느낌을 받은 참가자들은 협소함의 느낌을 받은 참가자들에 비해 난감하거나 폭력적인 묘사를 덜 불쾌하게 받아들였다. 공간적인 광활함의 인식이 방패처럼 불쾌한 느낌을 막아주었던 것이다.

공간의 체험은 "위험한" 상황의 평가에도 영향을 미친다. 윌리엄스와 바르는 세 번째 실험에서 실험 참가자들에게 건강에 유익하지 않은 음식의 칼로리를 추정해보라고 부탁했다. 놀랍게도 협소함에 고착된 사람들은 광활함을 느낀 참가자들보다 초콜릿이나 감자튀김의 칼로리를 훨씬 더 높게 예상했다. 정크푸드가 건강은 물론 정서에도 해롭다는 사실은 모르는 사람이 없다. 하지만 공간적으로 협소하다고 느낀 사람들이 그 위험을 일정한 활동 공간이 확보되었다고 확신하는 사람에 비해 훨씬 더 심각하게 인식하였다.

우리가 공간적 거리를 안전과 동일시한다는 사실은 심리학자들 사이에서는 이미 오래전부터 통용되던 이론이다. 이들의 실험은 그런 현상이 인간의 의식에 얼마나 깊이 뿌리를 내리고 있는지를 입증한다. 인간은 공간적 거리에 대한 정보를 자신과 다른 대상의 "심리적 거리"로 전이한다. 공간의 여유가 있으면 주변 환경에 대해 정서적으로 더 안전하고 독립적이라고 느낀다. 이는 타인과의 관계에도 적용된다. 네 번째 실험에서 예일 대학교의 두 심리학자는 실험 참가자들에게 부모, 형제, 고향과 관계가 어떤지 물었다. 역시 넓은 공간을 경험한 사람들이 협소함을 체험한 사람들보다 정서적으로 더 독립적이라고 느꼈다. 쉼 없이 가족 때문에 스트레스를 받거나 이웃의 감시 때문에 숨을 쉴 수 없다고 느낀다면 어쩌면 그 느낌은 산더미 같은 허섭스레기나 자기 집 안의 카오스와도 관계가 있을지 모를 일이다.

그러니 한 번씩은 대청소가 필요하다.

상실과 새로운 시작에 대한 이야기

나도 경험해봐서 알지만 다른 나라로 이사를 간다는 것은 정말 가슴 뛰는 사건이다. 살림살이를 컨테이너에 집어넣으면서 대서양 반대편에서 그 물건들과 무사히 재회하기를 희망한다. 해외이사 전문 업체들은 사고가 일어나는 경우는 극히 드물다고 장담한다. 태풍이 불어서 컨테이너가 뒤집힐 수는 있겠지만 이사 화물은 대부분 갑판 아래에 잘 보관하니까 안전하다고 말이다. 물론 그래도 보험은 들어야 한다. 확실한 게 좋으니까.

라디오 브레멘의 편집자이자 사회자인 질케 벨도 바다 건너 자카르타에서 이사 컨테이너를 기다리고 있었다. 다행히 컨테이너는 독일에서 작별을 고할 때와 똑같은 모습이었다. 그녀는 물건이 오기를 고대하고 있었다. 특히 대학 강의를 앞두고 있었던 터라 그에 필요한 책을 목 빼고 기다렸다. 트렁크 하나만 달랑 들고 자카르타로 먼저 날아왔으니 마침내 황량한 집을 가구로 채울 수 있게 되었다는 기대에 가슴이 설렜다. 컨테이너를 집까지 가져오는 작업도 만만치 않았다. 허가증을 발급받고 도로를 막았다. 마침내 컨테이너가 대문 앞에 도착하고 이삿짐센터 일꾼들이 컨테이너의 뒷문을 열었다.

그 순간 목격한 광경을 벨은 평생 동안 잊지 못할 것이다. 컨테이너 내부에서 종이죽의 파도가 밀려나온 것이다. 모든 가구, 모든 살림살이, 상자가 그 종이죽으로 범벅이 되어 있었다. 일꾼들이 샅샅이 살펴보니 컨테이너 지붕에 큰 구멍이 두 개가 뚫려 있었다. 아마 인도 뭄바이에서 짐을 옮겨 싣다가 구멍이 난 모양이었다. 하필이면 우기여서 4주 내내 그 구멍으로 비가 쏟아져 들어왔던 것이고 인도네시아에 도착할 때까지 1미터가 넘는 물이 컨테이너에 차 있었던 것이다. 4,000여 권의 책이 완전히 녹아서 죽이 되었고, 그 종이죽이 다른 물건들을 뒤덮어버렸다.

그녀의 경험담을 듣고자 브레멘에 전화를 걸었을 때 그녀는 당시 그 참혹한 광경을 보고 머리가 텅 빈 느낌이었다고 말했다. "열대병에 걸려 환각을 보고 있나 싶었습니다." 이삿짐 센터 일꾼들이 컨테이너 내용물을 퍼내서 정원의 수영장 옆에 쌓았다. 그녀는 2주 동안 한때 그녀의 살림살이였던 그 종이죽 산을 쳐다보아야 했다. 피해를 입은 모든 물건의 리스트를 적어 제출하고 지역 보험사가 그 리스트를 인정할 때까지 꼬박 2주가 걸린 것이다.

안 그래도 마음이 힘든 시기였다. 아는 사람 하나 없는 낯선 곳에서 고향이, 가족이, 친구들이 그리웠다. 쓰던 물건이 오면 그마나 위로가 될 것이라 생각했었다. 그런데 그 물건들이 하나도 남지 않고 사라져버렸다. 혈혈단신, 세상에 혼자 버려진 기분이었다. "컨테이너에는 고향의 모든 추억이 담겨 있었습니다. 그런데 그게 다 사라진 겁니다. 내가 남겨두고 온 것들과 완전히 차단된 느낌이었습니다." 마당으로 나와 쓰레기 더미를 볼 때마다 눈물이 솟구쳤다.

족히 한 주는 그렇게 보냈다. 그런데 그녀의 가슴속에서 서서히 전혀 다른 기분이 샘솟기 시작했다. 해방감과 새롭게 시작할 수 있겠다는 희망이었다. 인도네시아 문화가 서양 문화와 정말 많이 다르다는 것은 진작부터 체득한 사실이었다. 인도네시아 사람들은 집에 가구를 많이 들이지 않았고 물건을 탐하지 않았다. 그러니 그녀의 살림살이는 인도네시아의 환경에는 전혀 어울리지 않는 이물질 같았을 것이다. 그것들이 싹 사라지고 나자 그녀는 온전히 새 고향을 향해 마음을 열 수 있게 되었다. "맨몸으로 도착했으니 모든 것을 받아들일 수 있었던 거지요." 피해액을 보험사에서 돌려받았지만 예전만큼 물건을 많이 사지 않았다. 자신이 쓸 침대와 손님용 침대, 의자 몇 개, 그리고 인도네시아 사람들이 많이 쓰는 돗자리, 그게 전부였다. 돗자리는 써보니 정말 기가 막히게 좋았다.

집에 공간이 넉넉하다 보니 예상치 못한 결과가 생겼다. 그녀가 자기 집을 만남의 장소로 제공하게 된 것이다. 매일 10~20명의 사람들이 그녀의 집을 찾아왔다. 예술가, 대학생, 교수 등등. 그녀는 독일 영화를 상영하고 연극 무대를 만들었다. 집을 유럽식으로 꾸몄다면 절대 불가능했을 일이었다. 사생활에도 변화가 생겼다. 인도네시아 배우와 사랑에 빠졌고, 지금 그와 결혼하여 장성한 딸을 두었다. 당시 그녀가 살림살이를 몽땅 잃어버리지 않았다면 그녀의 인생은 달라졌을 것이다. "그게 다 불행한 컨테이너 덕분이라고 말하고 싶지는 않아요. 하지만 하나의 사건이 다른 사건을 불러온 것이죠. 완벽한 과거 대신 나 자신을 되찾을 수 있는 조건을 그 불행이 마련해주었던 겁니다."

25년 전 그 사건으로 물건을 바라보는 그녀의 관점은 완전히 달라졌다. 지금까지도 최소한의 가구만 유지하고 있다. 널찍한 집 거실에 놓인 가구는 장식장과 탁자, 인도네시아산 목재 소파 하나에 싸구려 가게에서 사서 그녀가 새빨갛게 칠을 한 의자 몇 개, 어머니가 다니러 오셨다가 집이 너무 횅하다고 사주신 소파 두 개가 전부이다. 그녀는 이제 물건에 집착하지 않는다. "상상 이상으로 마음이 홀가분해요. 훗날 우리 것을 다 물려받을 딸도 부담이 없을 거예요."

인터뷰를 하는 동안 나는 여러 번 소름이 돋았다. 한편으로는 나도 지금껏 두 번이나 대서양 너머로 이사를 한 적이 있어서 살림살이가 무사히 도착할지 걱정스러운 심정을 잘 알기 때문일 것이다. 그러나 그것만이 아니었다. 내가 그처럼 감동을 느꼈던 이유는 그녀의 경험담이 인간과 소유물의 관계의 정곡을 찔렀기 때문이다. 우리가 끌어안고 사는 물건들이 얼마나 우리의 정체성과 삶의 감정에 영향을 미칠까? 소유물의 상실은 얼마나 깊은 상처를 줄까? 때로 낡은 물건들에 작별을 고하는 것이 얼마나 필요한 걸까?

이 책을 쓰기 위해 인터뷰를 했던 사람들의 경험담은 대부분 큰 감동으로 다가왔다. 잃어버린 보금자리를 향한 로베르트 비초렉의 그리움, 글라이더 비행기와 저택을 향한 카를 라베더의 염증, 수집자는 수집품을 통해 사랑받고 싶어 한다던 롤프 야코비의 마지막 말, 남긴 물건만 보고도 그 사람의 인성과 특성을 척척 알아맞히던 유산관리인 뮐러-마메로프의 능력, 그리고 책에 싣지 못했던 수많은 사람들, 친구, 지인들의 경험담과 깨달음.

이 책을 쓰느라 공부했던 실험과 연구결과, 이론들 역시 나에게 큰 영감과 충격을 주었다. 아직 현대의 소비사회와는 상당히 동떨어졌던 19세기 말에 이미 정체성과 소유의 상관관계를 주장했던 윌리엄 제임스의 선구적인 이론도 주목할 만한 가치가 있다고 생각한다. 어린아이들과 노인들이 자기 물건에게 특히 집착하는 현상도 이제는 전혀 다른 시각으로 보게 되었다. 침팬지마저 자기 것이라는 이유만으로 한 가지 먹을 것에 집착할 것이라고 과연 누가 상상이나 했겠는가?

사물과의 관계를 매력적으로 만드는 수많은 측면들 중에서 나는 개인적으로 3가지만 추려보았다.

1. 소유와의 이별이 변화의 촉매가 될 수 있다

아끼던 물건을 자기 의지와 관계없이 잃어버린다는 것은 무척 큰 상처를 남길 수도 있지만 또 한편으로 자발적 포기만큼이나 삶의 활력소가 될 수도 있다. 불행한 컨테이너 이야기가 그렇게 매력적인 이유도 비자발적인 이별과 새로운 시작, 그 둘을 다 담고 있기 때문이다.

삶을 완전히 새롭게 바꾸고 싶은 사람들이 물질적 소유와 작별을 고하는 것도 그런 이유이다. 카를 라베더는 한 가지 사례일 뿐이다. 자료를 살피면서 나는 그와 같은 사람들을 많이 만났다. 방황했던 청년기를 떨치고 새 출발을 하기 위해 전 재산을 버리고 걸어서 성지순례를 떠난 남성. 할리우드 스타의 뒤만 쫓다가 재산의 대부분을 나누어주고 평화봉사단에 들어가 남아프리카로 떠난 여기자. 물건으로 가득 찬 집을 포기하고 작은 요트에 몸을 싣고 대서양을 횡단했던 한 환경운동가. 이 사람들이 자기 물건을 버린 이유는 외국으로 나가거나 여행을 떠난다는 실질적인 이유만이 아니었다. 살림살이를 보관업체에 맡길 수도 있었지만 그렇게 하지 않았다. 그들은 정서적으로 짐을 벗어버리고 싶었던 것이다.

삶의 감정이나 정체성이 변하면 그 변화를 소유물에서도 확인하고 싶은 강한 욕구가 생기는 법이다. 나아가 낡은 것이 사라지면 새로운 것이 자랄 수 있다. 반드시 과격한 행동일 필요는 없다. 중요한 것은 올바른 질문이다. 나는 내게 의미가 있기 때문에 물건을 소유하는 걸까? 아니면 내가 소유하기 때문에 물건이 의미가 있는 걸까? 그 물건과 나를 이어주는 것이 정확히 무엇일까? 이 물건은 지금의 내 인성과 어울리는가? 아니면 과거의 잔재인가? 나는 내 물건의 주인인가? 내 집을 채우는 물건들을 결정하는 당사자는 나인가 파트너인가, 그도 아니면 광고나 습관인가? 이 질문에 솔직하게 대답을 하다보면 어느 순간 나도 모르는 사이 숫자는 적지만 자신에게 의미 있는 물건들로 둘러싸인 상태에 도달하게 될 것이다. 설사 그렇지 않더라도 어쨌든 자신에 대해 많은 것을 경험하게 될 것이다.

2. 모든 사람에겐 특별히 가슴에 담아둔 물건이 있다

이 책을 쓰기 위해 몇 달 동안 열심히 공부를 하고 많은 사람들과 대화를 나누었지만 한 번도 아끼는 물건이 하나도 없다는 사람을 만난 적이 없었다. 심지어 물질적 소유를 전혀 중요하지 않게 생각하는 사람들조차도 문제없이 아끼는 물건 몇 가지는 언급하였다. 예를 들어 질케 벨은 인도네시아에서 발견했다는 불상을 수호신으로 생각했고 그녀가 박사학위를 땄을 때 할아버지가 선물로 주셨다는 투명 테이프로 둘둘 감은 1942년 발행 1페니히 동전을 행운의 마스코트로 여겼다. 자카르타에서 어머니가 물려주신 반지를 잃어버렸을 때는 정신없이 온 마당을 뒤졌다. 반지는 안타깝게도 결국 찾지 못했다. "그 반지를 잃어버린 것이 컨테이너의 살림살이를 버린 것보다 더 속이 상했답니다."

가진 물건이 거의 없는 사람들, 심지어 거리에서 노숙을 하는 사람들조차도 몇 가지 개인적인 보물이 있다. 과거 노숙을 한 경험이 있는 사람들과 대화를 나누어보고 알게 된 사실이다. 추위가 매섭던 12월의 어느 날 나는 기차를 타고 뒤셀도르프로 향했다. 어렵게 살아가는 사람들이 만들어 파는 노숙인 잡지 〈피프티피프티〉에 가는 길이었다. 기차를 타고 갈 때까지도 나는 반신반의했다. 몇 유로로 하루를 버티는 사람들에게 아끼는 물건과의 관계를 물어보겠다는 내 생각이 과연 옳은 것인가? 먹고살기도 힘든 사람들이 아닌가? 내 질문을 들으면 그들이 어떻게 생각할까?

그러나 괜한 걱정이었다. 〈피프티피프티〉에서 만난 사람들은 정말 할 말들이 많았다. 예를 들어 검은 푸들 모자에 검은 니트 스웨터, 청바지 차림에 검은 카잘 (역주 – 아시아 남부 지역에서 여자들이 눈 주위에 바르는 까만 화장품)을 두껍게 바른 수지는 10년 동안 감옥을 들락거렸고 아무 데서나 노숙을 했다. 지금은 같은 처지의 사람 몇이 모여 라인 강변 천막촌에 살고 있다. 어차피 이리저리 끌고 다니지도 못하기 때문에 그녀는 꼭 필요한 물건만 갖고 다닌다. 하지만 사랑했던 할아버지의 사진은 어디를 가나 꼭 간직한다. 노점상을 하느라 손이 빨갛고 퉁퉁 부어 있던 30대 후반의 남자 안드레아스 역시 아끼는 물건 이야기가 나오자 신이 났다. 노점상 일은 힘들다고 했다. 단속이 나오면 도망을 쳐야 하고 자기 자리를 지키기 위해 싸우기도 해야 한단다. 그가 제일 아끼는 보물은 7년 전에 만나서 지금까지 샤워할 때도 손에서 떼지 않는 마야 문양의 고리이다. "내 허락 없이는 아무도 못 만집니다. 이 고리는 내게 힘을 주거든요." 옆 탁자에 앉아서 커피를 마시던 토머스는 열쇠고리를 수집한다. 벌써 모은 열쇠고리가 수백 개나 된다. 그렇지만 실직을 하고부터는 아주 가끔씩만 산다. 그런 것에 돈을 지출하기가 양심에 찔리기 때문이다. 그의 친구 빌리는 역시나 노숙 경험이 있는데 할머니가 주신 식기를 소중하게 간직한다. 사용하지는 않지만 장에 넣어두었다가 한 달에 한 번씩 꺼내 먼지를 닦아준다.

아끼는 물건을 소유한다는 것은 빈부의 문제가 아니다. 오히려 적게 가진 사람일수록 그런 물건에게서 위안과 힘을 얻는다. 이는 경험 연구를 통해서도 확인된 사실이다. 미국에서 노숙 여성들을 대상으로 실시한 연구결과가 특히 흥미롭다. 그 여성들은 보통의 소비재에는 큰 관심을 보이지 않았다. 아마 그런 것에 맛을 들이면 안 된다는 절박한 심정에서 나온 행동일 것이다. 그래서 그런 물건들을 다룰 땐 부주의했다. 쉼터에서 나누어준 옷을 목욕할 때마다 아무 데나 벗어던졌고 부엌살림이나 가재도구도 함부로 다루었다. 하지만 몇 가지 물건들, 대부분은 소중한 사람을 추억하거나 더 나은 삶을 상징하는 물건들은 거의 신성시했다. 하루 종일 눈 밖에 두지 않았다.

노숙자 쉼터처럼 미래를 예상할 수 없는 상황, 불확실한 상황일수록 더욱 정체성과 지속성, 희망의 감정을 전달하는 소중한 물건이 필요하다. 세상이 험난하고 삶이 가혹할수록 신분의 상징이나 소비재보다는 그런 소중한 물건이 더 중요한 것이다. 그런 생각을 하니 나도 왠지 마음이 푸근해지면서 안도감이 든다.

3. 인간과 물건의 관계는 고도로 개별적이다

10명이 같은 물건을 갖고 있어도 각자가 그 물건에 부여하는 의미가 다르고 대하는 마음가짐도 다르다. 이것이 물건을 보면 그 주인에 대해 많은 것을 알 수 있는 이유이다.

이 사실은 물건에 대한 애정이 인간관계의 대용품인지를 묻는 질문에서 가장 명확하게 드러난다. 보통 우리는 물건에 집착하는 사람들이 인간관계에서 문제를 겪는다고 생각한다. 그 고정관념이 맞을까? 표현을 달리하여 한 사람이 물건과 사람을 동시에 가슴에 담을 수 있을까?

앞서 4장에서 언급했던 미국과 니제르에서 실시한 설문조사에서 멜라니 월렌도프와 에릭 아놀드는 흥미로운 사실을 발견하게 된다. 아끼는 물건을 많이 언급한 참가자들이 유의미한 인간관계를 더 많이 나누고 있었다. 친구가 많고 가족과 유대관계가 좋으면 그런 관계를 대변하는 물건들을 소중하게 생각할 것이다. 친하게 지내는 친구가 준 선물일 수도 있고 사랑하는 손자가 만든 공작품일 수도 있고, 존경하는 스승에게 받은 유물일 수도 있다. 어쨌든 그들은 사회 관계망이 적은 사람들보다 훨씬 더 자기 물건을 소중하게 여겼다.

시카고 연구를 실시하였던 칙센트미하이와 록버그 할튼은 심지어 사물에 대한 긍정적 태도가 사회능력을 개선한다고 추정했다. 그들이 설문조사를 실시한 가족 중에는 모든 가족 구성원 —부모, 자녀, 조부모— 이 집과 집 안 물건에 대해 좋은 말을 한 경우가 있는가 하면 중립적이거나 부정적인 표현을 사용한 가족들이 있었다. 조금 더 자세히 분석해보니 그 양쪽 가족 사이에는 큰 차이가 있었다. 긍정적인 태도를 보인 가족에서 부모와 자녀의 관계가 더 친밀하고 따뜻했으며, 가족 구성원들이 서로를 사교성이 좋고 남을 잘 도우며, 신뢰할 수 있다고 평가했다. 또 중립적이거나 부정적인 표현을 사용한 가족에 비해 단체 활동도 더 많았고 공익 목적의 활동이나 봉사 활동의 참여 비율도 더 높았다. 이 놀라운 결과는 어떻게 설명할 수 있을까? 아끼는 물건으로 가득한 따뜻한 보금자리는 그곳에 사는 사람들에게 서로를 보살필 수 있는 에너지를 분출시킨다. 반면 물건이 순수 물질적 가치만 갖는 "차가운" 집은 불안과 고립감을 불러일으키기에 그곳에 사는 사람들에겐 깊이 있는 인간관계를 맺고 사회 활동에 참여할 수 있는 힘이 남지 않는 것이다.

솔직히 말하면 이건 상당히 포괄적인 해석이다. 그러니 무조건 받아들여야 할 필요는 없다. 어쩌면 애당초 사랑과 열정이 넘치는 사람들이 모여 살면서 그 정열을 물건과 사람과 사회로 뻗어나가는 것인지도 모른다. 만일 그렇다면 앞에서 말한 집에 대한 태도와 타인과의 관계의 연관성은 인과관계가 아니라 상관관계로 ―동전의 양면으로― 해석하는 것이 옳을 것이다.

시카고 연구 및 윌렌도프와 아놀드의 연구결과를 어떻게 해석하건 인간에 대한 애정과 물건에 대한 애정은 서로 모순되는 것이 아니다. 친구의 사진, 선물과 추억의 물건들이 가득한 집은 집주인의 넓은 인맥을 말해준다. 사회학자 밀러의 연구결과에 등장하였던 클라크 씨네 부부만 떠올려봐도 알 수 있다. 물론 물건이 가득하다고 해서 반드시 인맥이 넓다고 해석해서는 안 된다. 고독과 고립, 권태를 은폐하려고 집 안 가득 물건을 채워 넣는 사람들도 적지 않으니 말이다.

마찬가지로 집 안이 휑하다고 해서 반드시 집주인의 내면이 풍성한 것은 아니다. 질케 벨처럼 텅 빈 집은 집주인에게 지적, 예술적, 영적 경험의 장소가 필요하다는 의미일 수도 있다. 혹은 집주인의 텅 빈 내면을 반영하는 것일 수도 있다. 밀러는 자신의 책에서 아무런 장식도, 가구도 없는 집에서 사는 조지라는 이름의 한 남성을 소개한 적이 있다. 그런데 그와 인터뷰를 해보니 그의 마음은 집과 다를 것이 없었다. 냉담하고 무감각했으며 색깔도 생기도 없었다.

한마디로 물건이 많고 적음이 곧바로 물건 주인의 사회적 활동이나 충만한 삶을 반영하는 것은 아니다. 중요한 것은 이 물건이 무엇을 의미하며 무엇을 상징하느냐에 있다. 자신의 물건들이 얼마나 자신에게 심오한 의미가 있는지는 각자가 스스로 밝혀낼 일이다.

감사의 글

이 책을 쓰기 위해 자료 조사를 하는 과정에서 나는 수십 명, 아니 어쩌면 수백 명과 함께 인간과 물건의 관계에 대해 이야기를 나누었다. 많은 동료, 친구, 지인들, 가족과 친지들에게 아끼는 물건과 수집의 열정, 선물에 얽힌 경험담과 청소방식에 대해 질문하였으며, 특히 이 주제와 특별한 관계에 있는 사람들과 접촉을 시도하였다. 그들 중에는 직업상 물건을 다루어야 하는 사람들도 있었고, 특별한 경험을 한 사람들도 있었다. 내가 나누었던 대다수의 대화는 이 책에서 정성껏 소개하였지만 따로 언급하지 못한 대화 내용도 적지 않았다. 안타깝게 소개는 하지 못했지만 그들과의 만남은 내게 소중한 깨달음을 주었고 또 간접적이나마

이 책의 일부가 되었을 것이다. 귀한 시간을 내어 나의 질문에 대답을 해주셨거나 이 책의 집필에 많은 도움을 주신 모든 분께 이 자리를 빌려 진심으로 감사의 인사를 전하고 싶다.

그중에서도 몇 분은 따로 이름을 언급하고자 한다. 이레네 알레프, 질케 벨, 되르테 빈케르트, 마델라이네 브라이네르트, 스밀라 단케르트, 페터 프리츠, 산드라 하스, 롤프 하우블, 예수회 교단 수도사 크리스티안 헤르바르츠, 롤프 야코비, 하이디 야코비, 성 베네딕트 교단 수도사 프라터 요제프, 콜레안 킴차크, 레나테 퀴네, 율리아 폰 린데른, 도르테 마송, 가브리엘레 뮐러-마메로프, 크리스티아네 나이만, 우르줄라 누버, 베른트 파페마이어, 성 베네딕트 수도원의 플라키두스 수도원장님, 카를 라베더, 라이너 샤를, 장 루이 슐림, 예수회 교단 수도사 크리스토프 소이어, 로베르트 비초렉, 뒤셀도르프 〈피프티피프티〉의 수지, 에바, 안드레아스, 토머스, 빌리에게 특별히 인사를 전하고 싶다. 마지막으로 남편 니콜라우스 펠카와 어머니 우르줄라 쉐퍼에게도 감사의 마음을 담아 전하고 싶다.

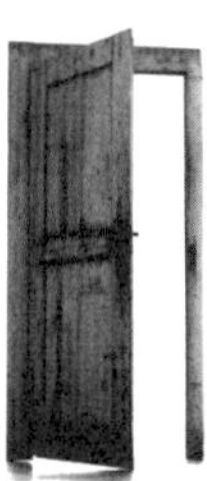

옮긴이 **장혜경**

연세대학교 독어독문학과를 졸업했으며, 동 대학원에서 박사 과정을 수료했다. 독일 학술교류처 장학생으로 독일 하노버에서 공부했다. 전문 번역가로 활동 중이며, 옮긴 책으로 『나는 왜 너를 선택했는가』, 『바보들의 심리학』, 『강한 여자의 낭만적 딜레마』, 『방황의 기술』, 『마지막 사진 한 장』 등 다수의 문학과 인문교양서를 우리말로 옮겼다.

사물의 심리학 나도 몰랐던 또 다른 나와의 만남

초판발행   2013년 10월 10일

지은이   아네테 쉐퍼
옮긴이   장혜경
펴낸이   김정순
책임편집   배경란
디자인   김진영
마케팅   김보미 임정진 전선경

펴낸곳   (주)북하우스 퍼블리셔스
출판등록   1997년 9월 23일 제406-2003-055호

주소   서울시 마포구 양화로 12길 24 (서교동 선진빌딩) 6층
전자우편   editor@bookhouse.co.kr
홈페이지   www.bookhouse.co.kr
전화번호   02-3144-3123
팩스   02-3144-3121

ISBN 978-89-5605-680-7 03810